冬眠族の棲む穴

標野 凪

Nagi Shimeno

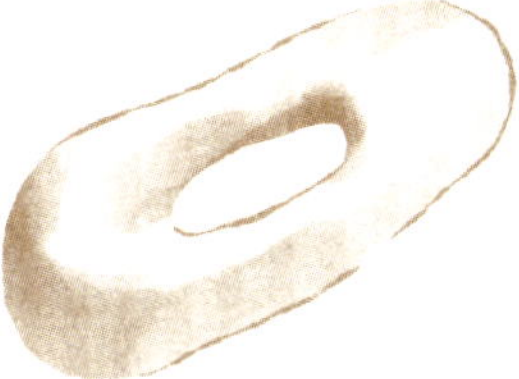

TOUMINZOKU

徳間書店

冬眠族の棲む穴

目次

Contents

—春—

―夏―

—秋—

—冬—

立春〈りっしゅん〉

ペンパル

〈ふう〉

十一月三十日

はじめてお手紙書きます。駅に置かれていた旅行雑誌（フリーペーパーです）の「読者から」のコーナーで、あなたさまが投稿されたお写真を拝見しました。北国の動物園で撮られたという粉雪《こなゆき》の中にいるホッキョクグマのお写真、とても素敵でした。実は私も二年ほど前に、同じ動物園を訪れています（動物園の名前は書かれていなかったので、あくまで推測なのですが、〇〇動物園ですよね？　違っていたらごめんなさい）。そんなに有名な動物園ではないので、つい嬉《うれ》しくなってしまいました。感想をお伝えしたくて、この雑誌を刊行している会社に電話をしたところ、取り次ぎます、とおっしゃってくださったのです。わざわざそんなお手間をおかけするのも申し訳ないと思ったのですが、こちらから尋《たず》ねた手前、引くに引けなくなってしまい、お言葉に甘えることにしました。

サク丸さん（投稿のお名前で失礼します）は、プロの写真家なのですか？　動物をあんなに表情豊かに撮るのですから、きっとプロなのでしょうね。これからもぜひ素敵なお写真を撮り続けてください。また誌面で拝見できることを楽しみにしています。

〈サク丸〉

十二月八日

ふうさん。この度は、僕の拙《つたな》い写真へのご丁寧なご感想をありがとうございます。編集部の方からお手紙が転送されてきたので、びっくりしました。気軽に投稿した写真ですが、見てくださる方もいるんですね。

あの写真は、おっしゃる通り○○動物園です。僕は動物園が大好きで、旅先では、時間が許すかぎり、どんな小さな動物園でも訪れるようにしています。あ、そのことは投稿の文章にも書いたので、読んでくださっていたかもしれません。○○動物園は、仕事の出張のついでに足を運んだのですが、地図で見たよりも辺鄙《へんぴ》な（もしお近くに住んでいたのでしたら、ごめんなさい。でもいい街でした）ところにあって、驚きました。バスも一日に数本しかなかったので、帰りの電車が気になってしまい（既に指定席を予約していたのです）、あまりゆっくり滞在できなかったのが残念です。

機会があったらまた訪れたいと思います。それくらい気に入りました。たまたまその日、初雪が降ったので寒かったのですが、雪と戯《たわむ》れる動物たちの姿はすごく綺麗《きれい》でした。

それから僕は写真はあくまで趣味で撮っています。プロだなんて言ってもらい、こそばゆいですが……嬉しいです。

お手紙ありがとうございました。

〈ふう〉

十二月十七日

まさかサク丸さんからお返事がもらえるなんて思っていませんでした！　とても字が綺麗で、自分の子どもっぽい文字が恥ずかしくなりました。下手《へた》くそながらも、今日はなるべく丁寧に書こうと思います。それからツシマヤマネコの写真の入ったレターセットにも、にやにやしてしまいました。これは△△動物園で生まれた赤ちゃんヤマネコですね。

私も動物園が大好きなので、リフレッシュがてらよく行くのですが、○○動物園へは、出張中の時間の限られた中でもバスを乗り継いで行かれたとはあっぱれです（ちなみに私の住まいは、その近くではありません）。あのホッキョクグマの写真を改めて見直したのですが、のんびりと穏《おだ》やかな表情をしていて（初雪が嬉しいのか、まるで笑っているようにも見えますね）、とてもそんな慌《あわ》ただしい中で撮られたとは思えません。驚いてしまいました。

私はカメラの知識は全くなく、スマホで撮るだけなのですが、動物の写真は本当に難しいです。ずっと寝てばかりいる動物もいますが、たいていはすばしっこいですもん。

なので、目で見て、頭の中に入れて、絵に描いたりしています。たまに頼まれて、雑誌や広告のカットも描いています。挿絵《さしえ》や本の表紙になるようなものではなく、商品の使い方やレシピの工程などを説明するための、ごく簡単なイラストです。ただ、それだけでは食べていかれませんので、近所のファミレスでバイトもしています。

今日はなんだか自分のことが話したくなってしまい、つい書いてしまいました。余談になりますが……年齢は二十八歳の独身女性です。

〈サク丸〉

十二月二十六日

さっきスーパーに寄ったら、昨日までクリスマスソングがかかっていた店内が、今日は紅白の餅花《もちばな》が飾られ、BGMが琴の音に変わっていて、苦笑してしまいました。ふうさんはどんなクリスマスを過ごされましたか？　僕は侘《わび》しい独《ひと》り身で、一緒に過ごす恋人もいないので、会社の同僚と飲みに行きました。雑然とした居酒屋なのに、そこですらもクリスマスソングが流れていたんですよ。でもクリスマスサービス、といって、グラスワインが一杯無料で飲めたのはラッキーでした。

ふうさんがご自分のことを話してくれたので、僕も書きます。年齢は三十歳。ふうさんよりも二歳年上です。ごく普通の会社員。しがないサラリーマンです。ごく普通って？　って突っ込まれそうですね（笑）。会社の主な事業は電子機器の製造業です。もしかしたら、ふうさんが使っているパソコンやスマホにも我が社の技術が多少は使われているかもしれません。

ただ、僕は技術畑の人間ではなく、事務系、いまは総務部に配属されています。だから、コンピュータの質問をされても答えられませんからね、あしからず。

ふうさんはイラストレーターなんですね。カッコいいなあ。手に職がある人には憧《あこが》れます。僕の手に職は、電卓を叩《たた》くくらいですから。あ、でも部内の暗算コンテスト（そういうのがあるのです）では、昨年は優勝したんですよ。ちょっとした自慢です。

早いもので今年も終わりですね。僕は今年は数えてみたら、九箇所の動物園を訪れました。来年は一ヶ月に一箇所行って、十二箇所巡るのが目標です。いい大人の男のくせに可笑《おか》しいですよね。本当は業績アップだとか英会話をマスターするとかって目標を立てるべきかな？

ふうさん、よいお年を。


〈ふう〉

一月二日
あけましておめでとうございます。

いま、この手紙を実家のリビングで書いています。今夜、世界の野生動物の特番をBSでやるのですが、家族はお笑い番組が見たいらしく、残念ながら見られそうにありません。見逃し配信に期待しようと思います。

お正月になったばかりですけど、私はすでにおせち料理とお餅に飽《あ》きてしまいました。実家は親が口うるさいばかりで、やることもなく暇です。ただ、サク丸さんにこうして手紙を書いている間は、なんとなく素直な自分に戻れるようで落ち着きます。会ったこともない相手なのに不思議ですね。

サク丸さんってどんな方かな？　って思うんです。会ってみたいなあ、って。でも会ってしまったらこうしたお手紙のやりとりが終わってしまうのが怖くって自信がありません。本名や住んでいるところなど、本当は聞きたいって思っているんですよ。実家にいて、ついアンニュイになってしまったようです。お目汚し、お許しください。

〈サク丸〉

一月十七日

新年の挨拶っていつまでしていいんでしたっけ。少し遅くなってしまいましたが、あけましておめでとうございます。

ふうさんはご実家で過ごされたんですね。なんだかんだいっても、親元は安心ですよね。上げ膳《ぜん》据え膳ですし。僕は両親を早くに亡くしてしまっているので、家族の団《だん》欒《らん》にはちょっとだけ憧れてしまいます。でもふうさんのおっしゃるように、テレビは好きなものを見られないし、ダラダラしていると怒られるのですから、一人が気楽なのは確かです。BSの番組ももちろんリアルタイムで見ました。映像がとんでもなく綺麗で、ダイナミックなカメラワークには感激しました。

両親を早く亡くしたからといって天涯孤独なわけではなく、子どものいない母方の叔母夫婦がずっと面倒をみてくれていました。なので、盆、正月は叔母の家に顔を出すのが恒例行事です。

そんなわけで、将来は温かい家庭を築《きず》きたいっていうのが僕の願望でもあります。もしわがまま言えるのであれば、ペットは飼いたいですね。本当はホッキョクグマがいいのですが、さすがに無理ですので、オカピはどうかな、と思っています。おとなしい動物だから、きっと飼いやすいと思います（冗談ですよ　笑）。

僕もふうさんに会いたいですけれど……、やめておきましょう。会ってがっかりされるのも悲しいですから。でもいつか、ふうさんに会って、未来の話が出来たらいいな、なんてそんな夢を抱《いだ》いたりしてしまいます。

おっと。お屠蘇《とそ》を飲み過ぎて、余計なことを口走ってしまいました。酔《よ》っ払《ぱら》いの戯《ざれ》言《ごと》だとスルーしてください。

〈ふう〉

一月二十二日

今日はすごく嬉しいことがあったんです。以前、絵画教室で一緒だった友人が、なんと絵本作家としてデビューすることが決まったんです。当時から、いつか絵本を出したいね、ってお互い話していたので、彼女の夢が叶《かな》って、本当に嬉しい！

でも心のどこかで、羨《うらや》ましいな、先を越されて悔《くや》しいな、と思っている自分もいるんです。もっと素直におめでとうって言えたらいいのに。私って性格悪いなあ、ってちょっと自己嫌悪。あれ？　嬉しい報告をするはずだったのに、気づけば愚痴《ぐち》になっちゃっていました。なんででしょうね、サク丸さんの前では正直な気持ちがするすると口を突《つ》いて出てくるんです。恥ずかしい自分も曝《さら》け出せちゃうんですよね。

でも、いつまでもくよくよしていても運は開けませんよね。私もデッサン力を磨《みが》いて、誰かの心を打《う》つような、そんな絵が描けるようになりたいです。目標ができました！　これもサク丸さんが聞いてくださったおかげかもしれませんね。

私もいつか、サク丸さんに会って、そんなお礼を伝えたいです。

〈サク丸〉

二月二日

今日は節分ですね。子どもの頃は豆まきをしましたっけ。叔父がお面《めん》をかぶって、鬼役を買って出てくれ、叔母がここぞとばかりに思いっきり豆をぶつけていたのを思い出します。

ふうさんのお友達への嫉妬心《しっとしん》、すごくわかります。それは誰しもが持つ感情ですし、それが励《はげ》みや前に進む力にもなるんですよ。恥ずかしいことなんかじゃありません。偉《えら》そうなことを言ってすみません……。でも本心です。

僕も、もっと上手に写真を撮れるようになりたいと思うし、いつか展覧会への出展や作品集を出したいっていう夢があります。口に出したのは、いま、はじめてです。僕もふうさんの前だと素直なことが言えるみたいですね。

〈ふう〉

二月三日

節分の翌日は立春です。昔は節分が今でいう大晦日《おおみそか》で、立春が新年だった、と聞いたことがあります。新しい季節が始まったんですね。ひとつの区切りをつけ、新たな一歩を踏み出す、そんなチャンスの日なのかもしれません。

そこまで書いて、風子《ふうこ》はペンを置いた。

新たな一歩……。書いたばかりの言葉に目を落とす。自分自身に向かおう。それがなすべき一歩だ。頭の中で作った空想上の「彼」との文通は、これまでにしよう。

風子は書きかけの便箋《びんせん》を丁寧に三つ折りにすると、部屋のラックの下段から、紙貼りの箱を出す。蓋《ふた》を開けると、出すことも届くこともない八通の手紙があった。その上に、まだインクの乾《かわ》かない書きかけの一通を置いた。

ふうっと息を漏《も》らす。そういえば本名からだけでなく、癖《くせ》にもなっている深い息の音が、ペンネームの由来にもなったのだった。風子はもう一度大きく息を吐《は》き切った。

立春とはいえ、まだ真冬の様相だ。動物園にひとけはなく、風子はスケッチブックを脇に抱《かか》え、乾いた空気を受けながらあてどなく歩く。

こんな薄曇りの日は動物たちですら覇気《はき》がなく、獣舎《じゅうしゃ》に入ったきり出てくることもない。せめて寒い中で元気に喜んでいる動物の姿を描きたい、とホッキョクグマの展示場へ向かった。柵の前で、ひとりの男性が佇《たたず》んでいた。

望遠レンズのついたカメラは、プールに浮いた氷で楽しげに遊ぶホッキョクグマに向けられていた。ふいに彼がファインダーから目を離し、風子を見た。

そのまなざしは、静かで穏やかだ。目を逸《そ》らさず、微笑《ほほえ》んだ。風子は彼の隣にそっと立ち、クマたちが浮かぶ氷にジャンプする姿を飽きることなく眺めた。

やがてスケッチブックに鉛筆を走らせ、クロッキーする。紙の上で、動物がいきいきと動き出した。

雨水〈うすい〉

水生生物

「あ、またお風呂のシャワーから水が垂《た》れてる」

リビングのソファで本を読んでいた栞《しおり》が、顎《あご》を上げ、耳をそばだてるように首を傾《かたむ》けた。

「え？　ホント？」

風呂上がりの侑太郎《ゆうたろう》は、トランクス一枚で裸の胸元をタオルで拭《ぬぐ》いながら、バスルームに続く廊下を小走りする。ドアの開閉音のあと、

「よくわかったなあ」

と感心したようにリビングに戻ってきた。案の定、シャワーの栓《せん》がしっかり閉められていなかったようだ。

「最近、あのシャワー、ぎゅっと思いっきり止めないと、ポタポタ水漏れするんだよね。どっか緩んでいるのかなあ」

業者に見せたほうがいいだろうか、それも面倒だな、と栞が考えあぐねていると、

「っていうか、水の漏れてる音。そこにいてよく聞こえたなあと思ってさ」

結婚した当初は、賃貸マンションで暮らしていた我々が、先々の家賃のことを考えたら、と、このマンションを購入したのはちょうど十年前のことだ。中古ではあったけれど、以前の所有者は税金対策として購入したとかで、生活した形跡はほとんどなく、新築同様で、にもかかわらず前もって覚悟していた予算よりもずっと安く手に入れることができた。

そうはいっても、三十代になったばかりの若いふたりには、それなりに勇気のいる大きな買い物で、

「この物件なら家族が増えても買い替える必要がないから、一生ものと思えば安いもんだ」

などと、互いを励まし、奮い立たせて決断した。無理のない返済計画を立てたので、

ローンはまだ残ってはいるけれど、暮らしを圧迫するほどではなく、なんといっても我が城だ、という居心地のよさには代え難《がた》く、あのとき思い切ってよかったな、とつくづく思う。

いつか子ども部屋に、と当時思っていた六畳間のひとつには、いまは夫の侑太郎の趣味のもの、つまりコンピュータやらギターやら昔のDVDや音源などといった、正直、栞から見たらガラクタのようなものが詰まっていた。もうひとつの部屋は互いの季節外の服や家電などを置く収納に使っている。

おかげで狭いのでは、と危惧《きぐ》した十畳のリビングダイニングも、すっきりと広々と使え、掃除も行き届く。だから見かけは入居当初と変わりないが、さすがに築十年以上が過ぎ、水回りにも劣化が見られるようになってきた。

「ポタポタって音、結構響かない?」

栞はそんなことを口走ってみたが、リビングとバスルームの間には、キッチンやそれらをつなげる廊下もあるし、廊下の手前のドアは暖房効率も考え、きっちりと閉められていた。それにリビングではいま、テレビが点《つ》いていて、それなりに賑《にぎ》やかな音を出していた。

前世、といった存在を信じている、と殊更《ことさら》に言い立てるようなほどではないにしろ、まあ、そういうものはあるのではないか、程度には考えている。

そうした思考からすると、栞は自分の前世は何か水に関連するものだったのではないか、と推測する。

泳ぎもそこそこ得意だから、夏のビーチはもちろん好きだが、冬の波打ち際《ぎわ》も心が落ち着く。これまで住んだ家は、どこも海や川の近くだ。それが理由で選んだわけではないのに、おのずと水の近くを選んでいる。引き寄せられるのだろう。

都会で川か海の近くを探すほうが難しいはずだ、と思うだろうか。実は水辺は意外とあちこちにある。現に栞の独身時代の住まいは隅田川近くのコーポだったし、結婚を機に転居した部屋も、すぐ裏には神田川が流れていた。十年前に購入したこのマンションは、東京湾に面している。

「けっこう海風が強いですよ」

とあとでクレームをつけられても困るのか、購入前の我々に不動産の仲介業者はそんな指摘をしたが、むしろその風が季節を問わず海の匂《にお》いを運んでくれるのが心地よく、もっと現実的な話をすれば、洗濯物を乾かす力にもなってくれ、快適に暮らせている。

話は戻るが、そんなふうに水を見ると安心するのだから、海や川への嫌な記憶、たとえば前世に水難事故に遭《あ》っただとか、水を嫌う生物だっただとかはなかろう。そうだな、天敵の心配もなく悠々と暮らす生き物、例えば鯨《くじら》やエイなんかだったのならいいな、と栞は想像を膨《ふく》らませる。

ダイニングテーブルに、玄関の集合ポストから取ってきた郵便物が置かれたままになっていた。そういえば、この人の苗字にも水が入っていた、と宛名面に目を落とし、可笑しくなった。

「水島《みずしま》侑太郎さん」

呼びかけると、テレビを見ていた夫が振り向く。

「なんだよいきなり。藪《やぶ》から棒に」

いまは同じ姓を名乗る栞に、黒目がちの目を向けた。きらりと照明の光に反射した。

栞は五年前のあの日の白い部屋を思い出す。

「ダメだった」

病院で流産の報告をしたとき、この人はなんて言ったんだっけ。そうだ、と優しい口調を思い出す。

「大丈夫。この季節の水温はあたたかくて穏やかだから」

あのときはそこまで深く考えなかった。おそらく流れる、という表現や水子《みずこ》という言葉からそんなことを連想し、慰《なぐさ》めてくれたんだろう、と思っていたけれど、案外この人の前世も水の生き物だったのかもしれない。

だったらもし来世があるとしたら……。お互い魚の姿で出会いたい。そして何百個ものたまごを産卵しよう。かわいいたくさんの稚魚《ちぎょ》を引き連れて、優雅に水中を泳ぐのだ。

侑太郎に見られないよう、用心深く胸に手を置き目を瞑ると、魚の姿になって楽しげに泳いでいる生まれてくることのなかったわが子の姿が脳裏に浮かんだ。あの子もきっと、いまごろ幸せに海中で戯《たわむ》れているに違いない。

栞はそっと目をあけ、耳を澄《す》ます。

「あ、雨が降ってきた」

響いてくるのは、真冬の厳しい雨ではなく、冬から春に向かう、静かな雨音だ。そんなかすかな違いまでも聞き分けられる自らの天性の力に思いを致《いた》す。

「ねえ。今度の休み、海を見に行こうよ」

ゆっくりと振り向いた夫が、小さく頷《うなず》く。その丸い目の中にはやっぱり光が満たされ、水面のごとくキラキラと輝いていた。

啓蟄〈けいちつ〉

働き蜂

いつも乗っている電車が空《す》いていて、ああ、今日って祝日なんだっけ、と気づいた。

それなのに、なんで終電間際まで働いているのだろうか、と沙優《さゆ》は途方《とほう》にくれる。

五十歳にもなれば、プライベートと仕事のやりくりもうまくできるはずだろうに、自分は無我夢中で働いていた二十代の頃の暮らしぶりと、ほとんど変わりない。

まさかこの年になってまで、徹夜をするような働き方をしているだなんて、想像もしていなかった。もちろんやりがいを持ってやっている校正の仕事だけれども、一冊にかかる時間に終わりはない。てにをはなどの文法や誤字チェックだけでなく、時代考証の洗い直しから、シリーズものになれば既刊との齟齬《そご》がないか。たった一冊だとしてもかかる時間と手間は相当なものだ。

沙優はどさりと疲れた体を座席に預ける。肩から下ろしたデイパックを膝《ひざ》にのせ、ジッパーの口を開くと、校正中の原稿の束が顔を覗《のぞ》かせた。せめて移動中には仕事とは関係のないジャンルの本を読みたい、と海外の翻訳本を忍ばせていたはずだが、文字を追う気分ではない。結局、何も取り出さずにジッパーを閉じた。

通路を挟んで向かい合わせになった席に、親子連れがいた。レジャーの帰りなのか、未就学の年齢らしき幼い男の子が母親に凭《もた》れ、いまにも眠りに落ちそうだ。もうひとりも男の子で、こちらは小学校の三、四年生だろうか、ゲームに夢中になっていたかと思うと、急に興味をなくし、窓を向いて座席によじ登り、正座の姿勢を作った。

母親は、寝入りばなの次男を刺激しないように体勢を保ったまま、腕だけを伸ばし、器用に長男の靴を脱《ぬ》がすと、興味の外に追いやられたゲーム機を脇のマザーズバッグに手際よく仕舞った。

沙優は自分のデイパックとほぼ同じサイズのそのバッグの中身を想像する。おそらく彼女のトート型のマザーズバッグの中には、子どもふたり分の飲み物やおもちゃに小分けのお菓子、タオル類。着替えやおむつなどの用意もあるのかもしれない。それにひきかえ、自分は原稿の束や資料で重くしてるのか、とそんなことを考えているうちに、ふいに、そういえばかつて、自分は彼女のような姿に憧れていたのだった、と思い出す。

二十代で結婚をして、子どもはふたり。どちらも男の子がいい。それで一日中ふたりの子どもを追いかけ回しているような、明るい「おかん」になりたい、そう友人や親に公言していた。

なのに、結局沙優は子どもを産み育てる道を選ぶことはなかった。

自分が大人になり社会に出るに従い、沙優は子どもを産むことを特別に望まなくなった。仕事が楽しかったから、というのもあるが、いつか、のために卵子凍結の技術があるのだ、と聞いても全くピンとこない。子どもが欲しいからと結婚を焦《あせ》ったり、不妊治療に励む知人や同僚を見るたびに、そこまでして欲しいものなのか、と首を捻《ひね》り、自分はなにかが欠けているのではないか、とすら思えた。母性なのか、生命力なのか、そういう類《たぐい》のなにかだ。

生物の中で、意思を持って子孫を増やさない選択をするのは人間だけだという。蜂《はち》や蟻《あり》の一種やハダカデバネズミという哺乳類には、繁殖に関わることのない群れの一員が存在する。蜂を例にとれば、群れに女王蜂がいるのなら、働き蜂はメスでありながらも、産卵することはない。

生きていくのは大変なことだ。いまはなんとかひとりで食べていけるようにもなったけれど、それなりに苦労もしてきた。特別に秀《ひい》でた才能もなく、悩み出すと止まらない性格も厄介《やっかい》だ。じっくり付き合えば悪くないタイプだろうけれど、かといって、誰もに好かれるような社交性もない。沙優はだから、自分のような人間を増やすことに戸惑《とまど》いがあったのだ。それは、自らの子孫は残す必要がない働き蜂や蟻と似ているかもしれない。

女王以外の蜂や蟻は、餌を運ぶ、外敵から守る、巣を作る。優劣ではなく、集団の中でそうした役割があるから存在している。

自分はどうだろう。時間を惜《お》しまず仕事に向き合ってきたのは、不完全な作品が世に出ることが、何よりも悔しいからだ。それは子を産み育てることとは次元が違うけれど、何かしら世の役には立てていると言えなくもない。ただ、時給換算した自分の労働力云々《うんぬん》との比較ではなく、手がけている作品が、たかだか千幾らか程度で流通するものか、と思ってしまうと労力に虚《むな》しさも感じなくはないけれど。

あれこれ思いを巡らしているうち、沙優は「仕事の虫」という表現が頭に浮かび、吹き出しそうになった。


車内放送が降車駅を告げる。

賑やかだった向かいの親子連れは、すっかり静かになっていた。母親に甘えたままの次男はぐっすりと寝入っているし、さっきまで窓の外を見てはしゃいでいた長男も首を垂らしている。

母親がふと顔をあげ、座席を占領したことや騒《さわ》がしかったことを詫《わ》びたいのか、沙優に申し訳なさそうに会釈《えしゃく》した。母親は少女と呼んでもいいほどに若く、ちっとも「おかん」感はなかった。

電車のドアを出て、目を落とすと、ホーム柵に沿って蟻が行列を作っていた。ようやく寒さが緩んできて、虫たちが蠢《うごめ》く季節だ。

いつしか沙優も蟻の姿になっている。せっせと働いて、なにかを生産し、世に送り出す働き者の一匹の蟻。

せっせ、せっせ。

作中に登場する人物の年齢設定におかしな箇所はないか、帰宅後、改めて原稿を見直そう。

沙優は重いデイパックを肩に掛け直した。

春分〈しゅんぶん〉

後悔の向こう側

「落としましたよ」

振り向くと知った顔がいた。

しかしそれは他人のそら似だとわかっていた。

礼を述べ足元を見るが、なにも落ちていない。ふたたび顔をあげると、そのひとの姿はもうなかった。

果たして落としたものは何だったのだろうか。忘れ去った過去なのか、それとも後悔の念なのか。

こうして彼女の墓参りをするのも、もう十一年になる。それまでも回忌《かいき》の法事などもあっただろうが、それらに知人のひとりである自分などが参加することはない。

ただ、一年に一度、春の彼岸《ひがん》には花を手向《たむ》けに、こうして四国地方の山の上にある墓まで足を運ぶ。

線香を前に手を合わせる。おそらく親族が供えたであろう、まだ新しい花を入れ替えるのは忍びなく、用意してきた花を墓石の傍《かたわ》らに置き、一礼してその場を離れた。

幅の狭い寺の石段を注意深く下りていくと、広い表通りには、明るい日差しが落ちていた。

華やかな声に目を向けると、数名の袴《はかま》姿《すがた》が連《つら》なって歩いていた。紺や燕脂《えんじ》の袴の上は、鮮やかなピンクに白や赤で図案が描かれた振袖や、伝統的な矢絣《やがすり》模様、淡いパープルに藤の花が描かれたような個性的な小振袖を合わせている者もいた。

卒業式、か。若い彼女らを眩《まぶ》しげに見送りながら、三十年前の日を思い出す。

その日は、朝から強い雨が降っていた。午後から晴れると予報されていたが、そんな気配など微塵《みじん》も感じられなかった。

「コートにも顔を出してくださいね」

テニスサークルの後輩から、そう言われていた。サークルというといかにもお楽しみ、といったイメージを持つかもしれないが、所属していたメンバーはみな熱心で、精力的に試合や練習に励んでいた。

すでに後期の授業は終了し、春休みに入っていた卒業式当日も、後輩たちは朝から大学裏にあるテニスコートで早朝練習を予定していた。

卒業式が行われる講堂に向かう前に、一瞬コートに寄ってみようかと思った。ただ、足袋《たび》の足元を濡らしたくはなかった。それに屋外にあるそのコートには、雨を避《よ》けるような場所はなく、さすがに今日の練習は中止だろう、と時間もあまりなかったこともあり、講堂に直行した。

式が終わる頃には予報通り雨はあがり、空は見事に晴れ渡っていた。テニスコートを覗いてみたけれど、人影はなかった。使った形跡もなかったから、やはり練習は中止になったのだろう。

「あの日、先輩が来るのをみんなで待っていたんですよ」

それを聞いたのは、卒業後に訪れた学祭でのことだった。卒業生が学祭を見にいくのは特段珍しいことでもなく、そのときも後輩たちが出店した模擬店で、お好み焼きを頬張っていた。

「ごめん。時間があんまりなかったんだよね」

ええ、そうだと思いました。雨も酷《ひど》かったですし、と頷いたあと、でも、と一呼吸があった。

「花束を用意していたので、それをお渡しできなかったのが残念でした」

思いがけないことだった。

卒業式は学長の挨拶や会ったこともない卒業生代表の言葉など、正直楽しいものではなかった。同じゼミの親友は、式を待たず、親の転勤先の海外に一足先に立ってしまい不参加だった。せっかく着てきた袴姿を近しい誰にも見せずに帰るのか、と虚しかった。

——花束がもらえたはずだったのか……。

ひとりの帰り道で、花やリボン包装のプレゼントを抱えた袴やスーツ姿の学生と、幾度となくすれちがった。羨ましい気持ちを隠し、しかし心の奥では指を咥《くわ》えながら眺めていた感情が蘇《よみがえ》る。

後輩たちに「おめでとうございます」と口々に言われ、祝ってもらえる、そんな現実があったのか、と思うと、なんであそこでコートに寄ることを躊躇《ちゅうちょ》したのか、と悔やまれた。ダメ元でも、足袋が濡れたって、構わなかったはずではないか。

小さなことだ。でも、何年もそのことが頭から離れなかった。

ふと、墓前に置いてきた花が気になった。水もなく、あのままなら一日も持たずに萎《しお》れてしまうだろう。そんな姿を見せるくらいなら、持って帰ったほうが、彼女も喜ぶのではないか。

下りてきたばかりの石段を、一段一段のぼりながら、彼女と最後に会った日のこと、この十一年忘れたことのない光景を浮かべる。

それは彼女がこの世から突然いなくなってしまった日の、十日ほど前のことだった。

出勤途中の信号待ちで、背をすっと伸ばしたうしろ姿を見つけた。

「久しぶり」

声をかけると、彼女だけが持つ品のいい笑みを浮かべて振り向いた。

「変わりない？」

大人になってから親しい友を作るのは難しい。けれども、彼女とはたまたま家も近く、気も合った。ただ互いに忙しく、会うのは数ヶ月ぶりだった。ちょっと痩《や》せたかな、と思った。かなりの美貌《びぼう》の持ち主だ。そんな必要もないのに、ダイエットでもしたのだろう、と勝手に理解した。相変わらず綺麗だな、と思った。

もしあの日、そんな呑気《のんき》な感想など持たずに、何かあったのか、と尋ねていたのなら、今でもあのはんなりとした笑顔がここにあったのだろうか。

翳《かげ》のある横顔に気づいていたのなら、別の言葉があったのではないか。

後悔には裏側の世界があるのだろうか。たとえばそこでは、卒業式の日は雨など降っておらず、今日のような麗《うらら》かな天気の中、袴姿で花束を受け取っている。あるいは、受け取れなかったとしても、花束はその世界で大切にされている。向こう側に広がる明るい光景を想像した。

後悔の向こう側の世界で、彼女はいまも変わらず品のいい笑顔を湛《たた》えながら、幸せに暮らしている。そうだったらいい。

「これ、持って帰るからね」

墓前のラナンキュラスは、どこか彼女に似ていた。幾重にもなる花びらは華やかで凜《りん》としているのに、どことなく儚げ。細い茎は緩いカーブを描きながらしなやかに伸びる。部屋に戻ったら、しっかり水揚げをして窓辺に飾ろう、と花を手に立ち上がった。

落とした後悔の念を拾い上げて、これから先もずっと後悔の向こう側にいる彼女に話しかけるのだろう。たとえ彼女が忘れたとしても、彼女を忘れることは、ない。

清明〈せいめい〉

スマートフォンの中身

昼下がりの車内だ。通勤時に乗っているのと同じ電車なのに、いつもよりも時間がゆっくり過ぎているように感じる。

会社員のDは、これから取引先へ詫びに行くところだった。他社宛に作成した伝票を、間違って別の企業にメール送信してしまったのだ。すでに謝罪し、解決した案件ではあったけれど、直接顔を見せたほうが今後のためによいのでは、との上長判断で、こうして午後の電車に揺《ゆ》られることとなった。

駅ビルで買った老舗《しにせ》菓子店の焼き菓子詰め合わせの紙袋をスカートの膝にのせ、Dは逡巡《しゅんじゅん》する。

今回のミスは、宛名を間違ったまま伝票作成した同僚や、それに気づかずDに送信の指示をした上司にも責任があった。加えて、Dはこの取引先の担当者ではなく、たまたま担当が病欠していたから代わりに請け負《うお》っただけの仕事だ。けれども最終的に先方に送ったアドレス主《ぬし》のDが、矢面《やおもて》に立たされたことに、そこはかとないやりきれなさを抱いていた。

入社したばかりの新入社員からもダメな先輩の烙印《らくいん》を押されるのか、と思うと、自然と口元は尖《とが》った。

窓を背に配置された、いわゆる「ロングシート」と呼ばれる座席では、窓から注がれる麗かな日差しと、規則的な揺れが、眠りを誘《さそ》うのか、首を垂らしている乗客もいた。

乗車ドアのすぐ横に座ったDの真向かいの席では、Dより幾分か若い女性がスマホをいじっていた。その隣のスーツの男性は仕事の資料なのかコピー用紙の束をめくっていた。

奥の席では、ぼうっと窓の向こうを見ている女性に、眠っている女性。彼女の並びでスマホに目を落とす男性の隣でも、年配女性がスマホを握《にぎ》っていた。

Dの隣に目をやると、胸元に眠った子どもを抱いた女性が、こちらも一心不乱にスマホに向かっていた。

スマホ、仕事、ぼんやり、睡眠、スマホ、スマホ……か。

Dは心の中で復唱しながらも、降車駅まではまだ三十分以上ある。手持ち無沙汰になり、自分もバッグから赤いスマートフォンを取り出す。

ロックを解除し、あれ、と首を捻《ひね》った。検索サイトを設定していたはずのトップ画面に水色の空の画像が現れた。何かのエラーが起こったのだろうと、再起動を試《こころ》みるも、やはり同じ画像が一面に広がっていた。そして目を凝《こ》らすと、水色の画像の下に、ごく小さな文字で、

〈ようこそ。当工場で働く方はそのままお待ちください〉

と書かれており、Dが戸惑っているうちに、画面が切り替わった。画面上で、ビットで描かれたイラストが忙《せわ》しげに動いた。

スマホゲームの宣伝だろうか。Dは面倒な気分になってため息を漏らす。改めて画面に目を落とすと、ビットのイラストは、何かを製造している工場のレーンのようで、

機械が上下に動くたびに、煙突からシューと煙が吹き出すようになっていた。

ホームボタンを押したり、起動ボタンをいじったりしてみるも、工場のイラストは変わらず曇《くも》った煙をシューシューと吹いては上下動を繰り返すばかりだ。

Dは、クレジットカードなどの個人情報はスマホ内に保存してはいない。妙な課金やフィッシングに遭う心配はないだろう。Dは、自分の中で確認をし、為すすべなく、イラストの上部の、

〈ここを押す〉

と書かれたボタンに指を置く。するとたちまちに、

〈ご協力ありがとうございます〉

と文字が並んだ。

さりげなく隣の女性のスマホを覗き見ると、Dと同じ画面を操作していた。口元に嬉々《きき》とした表情を浮かべながら、無心にボタンを押していた。向かいの席でさっきからスマホに目を落としていた他の乗客たちも、用心深く観察していくと、同じような指の動きを見せては、その都度、にやっと笑ったり、機嫌よさげに首を左右に曲げた

りしていた。

いったいどうなっているのだろう。

サイトやアプリによっては、記事に賛同するボタンが用意されていて、それを押すことで記事の優劣をつけたりする機能がある。災害が起こったときなどは、検索画面に一定の文字を入力することで、企業側から被災地に募金される仕組みもあったりするが、これもそうした類のものだろうか。

Dは確信を持てないままに、次々と現れてくるボタンを押していく。

〈ご協力ありがとうございます〉

の言葉に気をよくし、同じ繰り返しをしていくと、何度めかの〈ご協力ありがとうございます〉のあとに、違う言葉が続いた。

〈あなたのもやもやが全て吐き出されました〉

顔を上げると、同じ車両の乗客が、にこやかにDを見ていた。隣の子ども連れの女性が小さく手を叩いたのを機に、乗客がパチパチと両手を合わせた。車両内に拍手の音が広がった。

〈おめでとうございます〉

画面にはそんな文字が出たかと思うと、ふっと消え、あとはいつもの殺風景な検索の窓があるだけだった。〈ここを押す〉のボタンはどこにも見当たらなかった。

車内放送が、Dの降車駅を告げた。焼き菓子の入った紙袋を、右手に握り、電車を降りた。いつの間にか、抱えていた鬱憤《うっぷん》が晴れていた。

水色の空に、煙に似た真っ白い春霞《はるがすみ》が広がっていた。それがDの降りた電車の窓から湧《わ》き出ていたことに、彼女は気づくことなくプラットホームを進み、改札口に向かっていった。

穀雨〈こくう〉

誰がマーサを殺したか。

「さて、マーサは誰に殺されたのでしょうか。諸君におわかりになるだろうか」

探偵が眼光の鋭い目で、ぎょろっと広間を見渡した。

「犯人はこの中にいると思われます」

広間にいる誰もがはっと息をのむ。

「あの」

テーブルに肘《ひじ》を突いていた白髭《しろひげ》を蓄《たくわ》えた老人がおずおずと挙手する。発言を認められるとこう言った。

「彼女はいつも友達と一緒でした。目撃証言があります」

探偵が徐《おもむろ》に頷く。

「ああ、そのはずだ。いや、そのはずだった。しかし最期のとき、マーサはたったひとりでいたのだ」

広間がとたんに騒《ざわ》つく。

「そんな……」

細面《ほそおもて》の妙齢《みょうれい》女性がか弱い声を漏らす。顔面が気の毒なほどに蒼白《そうはく》だ。

「だって、あんなにも沢山のお仲間がいたじゃないの。なのになぜ?」

「おそらく、仲間たちも、誰かに殺されたのです」

「誰か、って。わかっているのなら、勿体《もったい》ぶらずにはっきり言えよ」

気の立った声を上げたのは、アイビールックの男子学生だ。

「まあまあ落ち着いて。君が騒いだところでマーサはもう戻ってはこないのだから」

白髭老人が落ち着いた低い声でいなすと、マーサのいない事実に、あたりから啜《すす》り泣きが聞こえてきた。

「ここでいったん証言をまとめたいと思います」

探偵はそう口を切る。

「先ほどのご指摘のとおり、ごく最近まで、彼女はたいへん多くの仲間に囲まれて平穏に暮らしていました」

「それがなんだってこんなことに……」

学生が悔しそうに吐き捨てるのをチラッと見、探偵が続ける。

「彼らは旅行好きで、夏と冬には必ず旅に出ていました」

「そう。お仲間をたくさん引き連れて。それはそれは賑やかで楽しそうだったわ」

ありし日を思い出したのか、妙齢女性が眩《まぶ》しげな目をし、続けた。

「それに、マーサはとってもお洒落《しゃれ》だったわ」

「ああ。薔薇《ばら》色の頬に鮮やかな色の服が華やかだったよ」

頷く老人に、

「個性的な黒っぽい口紅も彼女にはよく似合っていたっけな」

まるで自分の恋人かのように学生が誇らしげに言う。

「命日はいつなの?」

女性が尋ねると、

「九月一日です」

確かな記録があるのだ、ときっぱりと言い切った探偵に女性が詰め寄る。

「孤独に亡くなっただなんて、寂しすぎるじゃないですか」

「彼女は外には出られない環境にあったので、仕方なかったんじゃないでしょうか。わずか数十年で、マーサはたったひとりになってしまったんです」

探偵が述べる事実に、みなが項垂《うなだ》れる。

「いったい誰が……」

老人が髭に手をやって考え込み、目尻に深い皺《しわ》の刻まれた顔を、探偵に向ける。

「あんた、マーサを殺した犯人はこの中にいるっていったよな。証拠があるってのか？」

探偵は顔色を変えることなく、広間を見渡し、

「ええ。ただ、厳密に言いますと、マーサは直接殺されたのではなく、間接的に死に追いやられたのです」

「間接的に？　どういう意味でしょう」

女性が不安げに疑問を投げかける。

「手を下《くだ》さない犯行、ということか？」

密室や手口のわからない犯罪か、と学生が苦々しく首を捻《ひね》っているところに、

「おそらく……」

控え目な口調ながらも、自信ありげに、白髭男性が口を挟んだ。

「仲間がいなくなったから、ひとりで亡くなることになったんだろうよ」

すると、そういうことか、と手を打ち、

「伴侶を得られないからか。子を持つことができなくて、ひとりで生きるしかなかったのか」

と、学生が古めかしい言葉を交えながら納得した。

「もともと彼女たちは、一回の出産でひとつの命しか産み落とすことができないって聞いたことがあるな」

老人の言葉に学生が目を丸くする。

「え、あんなにたくさんいたのにか？」

「そうですね。しかも子を作ると定められた時期も年に一度きりだったのです。小さな集団では子を作り、産み育てることはできない。だから大きな集団が必要だったのです」

探偵がてきぱきした口調を変えることなく補足する。

「なのに、仲間がどんどんいなくなった」

学生がこうべを垂らすと、

「マーサはうまれたときから一歩も外に出られなかったんだよな。旅好きなはずなのに」

かわいそうなことをした、と老人が顔を歪《ゆが》ませた。

「さあもうおわかりでしょう。マーサを殺したのは、ここにいるみなさん全員です」

探偵の言葉に誰も反論をする者はいない。

「つまり、人類が、です。彼女たちの仲間を捕らえ、棲家《すみか》をなくし、子孫を残せなくしたのです」

宣告を受け、広間がしんと静まり返った。

「ほんとうならいまごろ、彼女や彼女たちの仲間は巣作りをしているはずよね」

女性の声は涙ぐんでいた。

外では農作物や生き物にとって恵みになる雨がしとしと降っていた。それなのに、この世にもう彼らは存在しない。


これが旅行鳩が絶滅した理由だ。

生涯を動物園で過ごしたマーサは、かつて五十五億羽も棲息《せいそく》し、鳥類史上最も数がいたとされた旅行鳩の最後の一羽だったのだ。

立夏〈りっか〉

ストレス講座

横断歩道に、いくつもの白い破片《はへん》が落ちていた。初夏の清々《すがすが》しい風と往来の車に煽《あお》られ、瞬《またた》く間に舞い散った。

ちぎった紙のような薄さの破片が動く姿は、その場にだけ季節外れの雪でも降ったかのような光景だった。

なんだろう。

Dは目を凝《こ》らすが、その正体がわからずに戸惑う。すると、

「あれはストレスです」

気づくと郵便局員の格好をした男がDの隣に立っていた。

「ストレス？」

尋ねたDは、いつの間にか、大学の講堂に座っていた。壇上にいるのは、さっきの局員姿の男だ。

壇上の局員は、ひとつ咳払《せきばら》いをし、こう続けた。

「精神的なストレスが原因で、大きな病《やまい》になる、という説もありますが、それは厳密には違うようです」

静かにそう言い切ったあと、補足した。

「ただ、ストレスのせいで、睡眠が浅くなったり、不規則な食生活になったり、あるいは家から出るのが億劫《おっくう》になって運動不足になることはままあります。その積み重ねによって病気を招いてしまう、ということはあるでしょう。ですから、大きく見れば、やはりストレスが病に繋《つな》がる、と言えるのかもしれませんね」

それはまるで、風が吹けば桶屋《おけや》が儲《もう》かる、といった諺《ことわざ》を聞いているようで、そう言われてしまうと、ストレスでくよくよするのも若干愚《おろ》かにも思えてくる。

実技のない講義ほど退屈なものはない。だとしても、「試験」や「レポート」といった縛りを無視できるほどではない。単位を取らなくては、卒業が認められないのだから。

Dはあくびを噛《か》み殺す。こっそりと鞄《かばん》のポーチからのど飴《あめ》を取り出して舐《な》めるが、そんなことで睡魔が消えるわけもない。見れば、頭を前後に揺らす学生やら、最初から無駄な抵抗だと観念しているのか、堂々と机に突っ伏している者もいる。

「ストレスの原因を突き詰めていくと、その多くが不安に帰結します」

講師はこうした風景に慣れているのか、聞いていようがいまいが、別の講義の課題をやっていようが、そして惰眠《だみん》を貪《むさぼ》る輩《やから》がいようが、構わず講義を続ける。

「では不安とはいったいなんでしょうか」

そう呼びかけ、いったん息をついた。

その不自然な間に、寝ていた学生が垂らしていた首を起こした。子守唄《こもりうた》のビージーエムが突然途切れ驚いたのだ。しかし、講師がふたたび滔々《とうとう》と話し出すと、なんだ、とまた眠りの国に落ちていった。

不安?

ところでこの講義は何の授業だったっけ。確か、専門科目の……、とDが首を捻りはじめたあたりで、講師がようやくそれらしき単語を口にし始める。

「岩絵具は天然の岩石を粉末にしたものです」

講義内容は日本画の画材の説明に移っていた。

「岩黒、皮鉄《かわがね》、銀鼠《ぎんねず》、薄鼠《うすねず》……。ひとことで黒といっても、自然の色ですから、数かぎりありません。茶っぽい黒、紫がかった黒、夜更《よふ》けの空のような黒」

Dは、さっき路上で見かけた破片もさまざまな白だった気がしてくる。岩絵具の名なら、水晶末、方解末《ほうかいまつ》、岩胡粉《いわごふん》かな、と、かすかに記憶にある色名を頭に浮かべる。

美術教授然とした講師は相変わらず、局員の帽子を被《かぶ》ったまま、先を進める。そこにかつて学んでいた老教師の姿を思い浮かべようとするも、どうにも睡魔が邪魔をしてうまくいかない。

「それぞれの色には粒子の大きさを示す番号が振られています。荒目、中目、細目。番号が大きいほど細かくなります。岩絵具は、粒子が大きいと濃くなり、粒子が細かいと淡くなるのです」

そう言ってから、まるでここは試験に出ますよ、と言わんばかりに、繰り返した。

「番号が大きいほど粒子が細かく、淡くなります」

ノートに書き留めておいたほうがようさそうだ、と襲《おそ》ってくる眠気と戦いながらDが手元を動かしたところで、頬をそよ風が撫《な》でた。


横断歩道上の白い破片はハガキらしい。改めて見れば、それは同じ大きさで、だがしかし、自らの意志を持っているかのように這《は》っていた。その場にいる誰もがなすべもなく、散っていくままのハガキの動きを追っているうちに、ようやく往来の車が停車し、歩行者用の信号が青に変わった。

歩道の手前でことの成り行きを眺めていた人たちが、一斉に横断歩道に向かい、ハガキを拾い集めていく。停車中の車に合図を送り、車道まで走って取りにいく者もいて、それらは見る間にぺこぺこと頭をさげる局員の手元に戻った。

「番号が大きいほど粒子が細かく、淡くなります」

Dは懐かしい学生時代の講義を思い出す。

もしストレスに番号が振られるのだとしたら、それはストレスの密度だろうか。

破片が大きければ、わかりやすく負担になる。小さいストレスは気づきにくいけれど、積み重なることで、拭いきれない密度になる。たいしたことはない、と言い聞かせていたとしても、それはいつしか心に重くのしかかってくる。だから、どんな小さな違和感や形にできない不安も、ないがしろにしてはいけないのだ。

やがて信号は点滅ののち赤色に変わり、車が動き出した。歩道にはもう散ったものはなく、淡々としたいつもの風景が戻った。街路樹の新緑が美しく映えていた。

小満〈しょうまん〉

憂鬱の果実

僕にはその店に置かれるまでの記憶はない。

そりゃそうだ。種が植えられ、芽吹《めぶ》いて、数枚の葉を出した頃、といえば、人間に置き換えれば、まだ乳を飲む赤ん坊か、せいぜいようやくひとりで這って動けるくらいの時期だろうから、覚えているはずがない。

置いてある商品のほとんどが百円に税を足した金額で買えるという、とんでもなくリーズナブルな店に、僕はほかの仲間とともに運ばれてきたらしい。

それなりに名の通った植物だ。見る目があるバイヤーなら、ワンコインかそこらなんかで売ろうとは思わないだろうに、どういうわけか、プラスチック製の下品な色のついたカトラリーや、使い捨てみたいな文具に混ざって置かれてしまった。心外ではあったが、自分ではどうにもできない。こういうときに足が生えて動けるいきものはいいなあ、と羨ましく思うものだ。

ともかくショッピングセンターの棚に並べられた僕を、ある日、会社帰りらしき三十そこそこの女性が手に取った。日用品のいくつかとともにレジで支払いを終えると、僕をそっと小さな袋に入れてくれた。そのあったかい感触は忘れられるはずもない。そういう名前の仲間もいたから、幸福ってやつは言葉だけは知っていたけど、たぶん、こういうほんわかした気持ちのことなのか、って思ったものだ。

彼女が一人暮らししている部屋はちっぽけで、白い壁ばっかりで殺風景なもんだから、それはそれは驚いたもんだ。なんせ賑やかなショッピングセンターで色とりどりの雑貨たちに囲まれていた僕にとっては、こんな場所で暮らすのははじめてのことだったから。

こりゃ僕がこの部屋を賑やかにしてやらなきゃ、って使命感に燃えたもんだ。しかも彼女は内気な性格もあって、仕事でちょっとした失敗をしたといってはくよくよし、友達の自慢話に落ち込み、たいした趣味もなくいつもぐずぐずと暗くてさ。

それでも僕に水をくれるときだけは楽しそうでな。ジョウロで土を湿《しめ》らせたあとは、濡れた布で葉を一枚一枚、丁寧に拭《ふ》いてくれるんだ。日差しの少ない冬は出来るだけ窓際に寄せて、日光浴できるように気づかってくれるし、暑い季節には、直射日光が当たらないように、カーテンの陰に動かしてくれたりしてくれる。おかげで僕はすくすくと成長し、葉もどんどん大きく育っていった。

最初に入れられていた鉢《はち》から根を伸ばしきれず土が盛り上がるようになると、彼女はひとまわり大きな鉢を、（おそらく僕が育ったあのワンコインの店でだろうが）買ってきて植え替えてくれたりもしたんだ。

それからどれくらいの月日が経《た》っただろうか、ある日、彼女の白い部屋に知らない男性がやってきた。お世辞にもカッコいいだとか、仕事が出来そうだとかいうタイプではなかったけれど、穏やかな人のよさそうな男だった。

どことなく彼女に見た目も似ていた。僕の水やりも、彼女だけでなく、たまに彼が代理でやることがあったが、葉を拭く仕草は彼女よりも丁寧なくらいで、気持ちよかったもんだ。お礼を伝えたく、僕はますます勢いを増した。

何度かの鉢の引っ越しを経て、僕はもう室内で育つには無理なほどの大きさに成長していた。これ以上大きな鉢をあの店で見つけるのも無理だろう。ワンコインショップで売られていた頃からそうだな、二、三十倍くらいの大きさになっていただろうか。

その頃、彼らは夫婦になった。

ふたりが構えた新しい戸建てには、小さな庭があった。僕は新婚夫婦の手によって、その庭に植え替えられたんだ。根を存分に広げ、葉を太陽に向け、雨の日は目一杯の水を浴《あ》びた。

窮屈な鉢から解放された僕は、著《いちじる》しい成長を遂《と》げていく。近所の人や通りすがりの人が、見たことのない珍しい植木だ、と面白がった。口コミが人を呼び、僕を見るためにやってくる観光客まで出てきた。僕はかつてのショッピングセンターでの賑やかさを思い出しながら、僕を育ててくれた夫婦に喜んでもらいたく、新しい葉を次々に出していった。

そういう種ではないはずなのに、いつしか真っ赤な花を咲かせたのは、僕のそんな嬉しさが地中深くや遺伝子レベルにまで伝わったのかもしれない。ワンコインショップで買った植木が、花をつけた、と今度はメディアに取り上げられ、見物客はますます増え、交通整理を雇うほどになった。

誰が言い出したのかはわからない。

この庭木が邪魔だ。人が集まりすぎて危ない。ひとりが苦情を言い出すと口々に不満を漏らす人が出てきた。思えば、もて囃《はや》されるのが羨ましかっただけなのだろうが、良心的な夫婦は頭を悩ませた。

考えた末、外から見えないよう、僕のまわりを高い塀と幕で取り囲んだ。その頃、花を終えた僕には小さな実がなっていたのだけど、誰もそれに気づくことはない。幕に覆われた僕は太陽の光を浴びることができなくなった。雨が降ってもその恵みを得るのが至難の業となった。

次第に枯《か》れていく中で、かろうじてまだ力があるうちに、せめてふたりに何かを残したい、と最後にたったひとつの実を落とした。

「いいお天気ね」

彼女が眩しげに目を細める。

「窓際で日光浴させるのは、暑いかな」

慌てる彼に、顔に日差しがあたらないようにすればいいんじゃない、と母親になった彼女がアドバイスする。

籐《とう》のベビーベッドで、赤ちゃんがキャッキャと無邪気に笑った。

塀の取り払われた庭では、小さな葉が芽吹いて、明るい日差しを浴びていた。それが赤ちゃんが彼女のおなかに入った日に落とされた実から育ったことを、たとえしらなくとも。

芒種〈ぼうしゅ〉

箱入り娘

みっちゃんは箱入り娘です。ですから毎日、箱の中で暮らしています。

梅雨特有のそれはそれは蒸し暑い日にみっちゃんは生まれました。赤ちゃんは大人よりも体温が高いです。拭っても拭ってもみっちゃんの下着は汗でびっしょりです。

そこでお父さんとお母さんは考えます。みっちゃんが快適に過ごせる空間を作ってあげよう。それがみっちゃんの暮らす箱でした。

最初は紙の箱でした。けれども、外気に触れさせようにも、家の軒先《のきさき》に置いていては、しとしとそぼふる雨に濡れてしまいます。丈夫な木の箱が作られました。

けれどもやがて夏が来ると、木の箱では暑そうです。あらたに石で作った箱はひんやりとし、みっちゃんも気持ちよさそうでした。

さて冬はといえば、もちろん石では寒いのです。ですから保温性のある紙の箱がちょうどいいのです。

紙、木、石、紙、木、石……。素材は順繰《じゅんぐ》りに、そしてみっちゃんの成長に伴って、箱を少しずつ大きくしていくことも、お父さんとお母さんの楽しみでもありました。

箱の中は常に快適に保たれ、お母さんの手料理やお菓子が差し入れられます。もちろんどれも素材にこだわって丁寧に作られたものです。中でもおからを使ったケーキはみっちゃんの大好物でした。

「みっちゃん、ただいま」

忙しいお父さんの帰宅は、深夜になることもありました。けれども箱を覗けば、そこでいつもみっちゃんは幸せな寝息を立てていて、お父さんは仕事の疲れも一気に吹き飛ぶのでした。

もちろん学校に行くときにはみっちゃんは箱から出ます。けれども学校が終われば一目散に帰ってきて、安全な箱に戻ります。

「ゲームをしようよ」

お友達に誘われても、みっちゃんは、
「おうちでお父さんとお母さんが待っているから」
と断りました。学年が進んでくると、クラスメイト達はファッションやショッピングに興味を持つようになります。もちろんみっちゃんも同じです。でも、学校帰りやおやすみの日に、みんなとデパートに行ったりはしません。なぜなら、みっちゃんのお洋服は、とびきりおしゃれで最新流行のものを、お母さんが買ってきて、箱に入れておいてくれるからです。

話題のスイーツも、レシピを探し、ちゃんと用意してくれるのですから、わざわざ先生の目を盗んで、校区外に行く必要もないのです。

みっちゃんはこうして、すくすくと育ちました。栄養バランスの取れた美味《おい》しい食事のおかげで、肌は輝くようですし、紫外線を浴びる時間も少ないので、髪の毛も艶々《つやつや》です。そして誰もが目を惹《ひ》くようなルックスでした。

専属の家庭教師が箱に訪問してくれるのですから、もちろん勉強もよくできました。それに他人と比較することなく育ったせいで、性格はとても温和で明るいのです。おかげで誰からも好かれました。

学校を卒業したみっちゃんは、家から通えるところにある地元の企業に就職しました。いよいよ社会人です。みっちゃんの美しさには磨きがかかっていました。仕事もそつなくこなし、上司の受けもよさそうです。

「そろそろみっちゃんにいい人を見つけなきゃ」

お父さんの会社の部下や、お母さんのお友達の紹介で、みっちゃんに似合いそうな人を探します。

けれども、そのころ、みっちゃんには好きな人ができていました。勤務先の同僚、隣の席に座っているひとつ年上の人でした。

「箱の外に出たいな」

みっちゃんはその人と仲良くなるにつれ、そんなことを思うようになりました。箱の外にはみっちゃんの知らない素敵な世界が広がっているに違いない。

ある日みっちゃんは、意を決して、お父さんとお母さんが留守の間に、箱から出てみました。けれども箱の外には、もっと大きな箱があったのです。

出勤のために箱から出たタイミングで、外の世界に飛び出そうとしたこともあります。けれどもどうしてなのか、いつの間にか箱に戻されていました。出ても出ても、みっちゃんのまわりには箱があったのです。だんだんとみっちゃんは疲れ果てていきました。

お父さんとお母さんの努力の甲斐があって、みっちゃんにふさわしい「いい人」がようやく見つかりました。この人なら安心だ、お父さんとお母さんが太鼓判を押した相手です。箱に入ってきたその「いい人」が、ほんとうにみっちゃんにとっての「いい人」なのか、もうみっちゃんにそれを判断する気力は残っていませんでした。

やがて箱から元気な泣き声が聞こえてきました。

「おぎゃー、おぎゃー」

お父さんとお母さんは顔を見合わせて、にっこりしました。それからハッと手を合わせました。ふたりは早速、赤ちゃん用の小さな箱の用意をはじめました。

夏至〈げし〉

山頂の太陽

それは催事の最終日のことだった。

このデパートの八階にあるギャラリーでの催事に徹生《てつお》が参加するのは、今年で三回めだ。はじめて出展したのは、徹生が陶芸家として本格的に活動をはじめて間も無くの頃だったから、もう二十年以上も前になる。

当時はまだ師匠の窯元に通っていたのだから、自分の名前で作品を出すのは憚《はばか》られた。けれども、若手作家だけで構成されていた工芸会の仲間に誘われた、と師匠に話すと、他人の目に触れるのも修業のうちだ、と背中を押してくれた。

二回めも工芸仲間との合同出展だったけれど、それから八年ぶりに開催した今回は、徹生ひとりだけの作品が並ぶ個展となった。いまでは三人の弟子も抱え、それなりに名も知られるようにまでなった。気づけば六十歳に手が届く年齢になっていた。

その若い男性客が訪れたのは、会場の撤収をはじめようとしていた時だ。催事はたいていの場合、撤収作業の時間を確保するため、最終日は早めに終了する。

会期が無事に終わり、徹生は寛《くつろ》いだ気分でいた。弟子が率先して作品の箱詰めや検品に励んでいるのを眺めながら、満たされた心地でほっと息をついていた。

「先生、お客さんが……」

弟子のひとりが会場の奥で腰掛けていた徹生に耳打ちする。

「もう終わりでしょ」

入り口には〈本日は終了しました〉の立て看板が置かれているはずだ。それに作品のいくつかは既に片付けられてもいた。あきらかに客を案内できる状態ではなかった。

「ですよね。お断りします」

踵《きびす》を返す弟子を、徹生が呼び止めた。え？　と振り向いた弟子に、なぜだか、

「せっかくだから見ていただいて。撤収作業中でも構わないんだったら」

と口を突いて出ていたのもいま思えば不思議だ。なにかに衝《つ》き動かされた、といえばそうなのかもしれない。

ただ、入り口付近でギャラリーを覗いているその若い客の瞳が、興味深そうに動いているのを見て、こういう若者に見てもらうのもいいな、と思ったのも確かだった。

百貨店で開催される陶芸作家の個展に訪れる飛び込みの客に、若者は少ない。冷やかしの年配者や、蘊蓄《うんちく》を話したがるどちらかというと面倒な客が多く、もちろんどんな客でもありがたいのだけれども、せっかく意欲的な新作を持ってきたのに、という思いもなくはなかった。

弟子に連れられて入場したその若者は、

「いいんですか?」

とことのほか喜び、

「終了時間を過ぎているのにすみません」

と礼儀正しく徹生に頭を下げた。

ひとつひとつの作品を丁寧に見て、弟子や徹生に質問をし、その都度、関心を示す。

「陶芸に興味があるの？」

作家の卵ということもあるか、と尋ねてみるが、首を横に振る。

「実は、こうした工芸品、全然詳しくないんです。でもここを通りがかったときに、なんだろう、素敵だなって……」

うまく言葉で表せないのを歯痒《はがゆ》そうに伝えてくる。

「おこがましいのですが、力に惹かれた、みたいな感じなんです。それでご迷惑を承知でつい我儘《わがまま》を言ってお願いしてしまったんです」

気にすることない、と首を振ってはみたが、こちらも百貨店側へ配慮すべき立場でもある。そろそろ失礼します、と出口に向かう客を引き止めることはできない。

ふと弟子が声をかけた。

「もしよかったら、次の展示会が開催された際にはご案内状を送りますから、ご住所を書いていただけますか？」

通りすがりの客だ。芳名帳を書かせるのはやりすぎだ、と和綴《わとじ》のノートを差し出す弟子を制しようとしたが、若い客は、ペンを取る。

「今度はちゃんと会期中に来ます。ゆっくり拝見できるのを楽しみにしています」

と本心なのかお世辞なのか、そんなことまで口にした。すると、対応していた弟子が芳名帳に目を寄せた。

「へえ、珍しいお名前ですね。何てお読みするんですか？」

よく言われることなのか、一回で読んでもらったことがないんですよ、と笑って、その客が名乗った。

「え？」

徹生の声に、客と弟子が驚いたように顔を上げた。

「先生、どうされました？」

徹生は心臓が高鳴るのをどうにか抑えながら、弟子が手にしていた芳名帳の最後の一行に注目する。そこには書いたばかりの文字が並んでいた。懐かしい苗字だった。

彼と徹生は大学時代の友人だった。

アウトドアの趣味が合い、キャンプや釣りにあちこち出かけた。中でも特に登山には夢中になり、大学四年間で、ふたりでいくつの山を登ったろうか。卒業後、もう山登りは、と陶芸の道に進んだ徹生と違い、彼は登山のインストラクターになった。アルプスの雪山に行ったきり、帰らぬ人となった、と人伝《ひとづて》に聞いたのは、それからずいぶんたったあとだった。彼以外に会ったことのない珍しい苗字の名だった。

「もしかして」

徹生が彼のフルネームを伝えると、若者が目を丸くする。

「伯父です。僕が生まれる前に亡くなったので、残念ながら会ったことはないのですが」

そして静かにこう続けた。

「ただ、僕は伯父に性格が似ているなんて親からは言われているんです」

涼しげな目元に少しばかり面影《おもかげ》がある。

「そうでしたか」

今日は夏至。太陽が一年で最も高くのぼる日だ。きっと山頂から彼が徹生を照らし、この青年を連れてきてくれたのだろう。

そこからの見晴らしはいいかい？

こっちはぼちぼちやってるよ。

徹生はそっと声をかけた。漏れた嗚咽《おえつ》は、おそらく山頂からの草いきれに、ただ咽《む》せそうになっただけのことだ。

小暑〈しょうしょ〉

四階の住人

三〇二。

夫妻が暮らしているマンションの号室名だ。部屋は三階エレベーターの斜《はす》向かいにある。

彼らがここに越してきて、間も無く五年になる。都会の幹線道路に沿って建つこのマンションは七階建てで、ひとつの階にそれぞれ三つの部屋があった。一階はエントランスで、居室は二階以上。単純に計算し、十八戸が入居していることになる。

ほかの部屋を見ていないから、詳細まではわからないが、多少の間取りの違いはあるだろうが、概《おおむ》ね部屋の広さはどこも同じだろう。ちなみに夫妻の住む三〇二はコンパクトなキッチンとダイニングが一部屋。借りた際の案内には、広めのワンルーム、と明記されていた。ふたりで暮らすにはやや手狭ながら、不便を感じるほどでもなく、彼らはそこそこ満足していた。

たまにエレベーターで隣人やほかの住人と顔を合わすことはあるけれども、乗り降りの際に会釈を交わす程度で、互いに話しかけることはない。それが都会のマンションのルールだ。だから彼らの隣の三〇一や向かいの三〇三の部屋の住人が、なにをしている人なのかは知らない。ただ、夕方になると散歩に出かける習慣があるらしく、エレベーターホールに鳴き声が響くから、三〇三では犬が飼われているらしい（ここはペット飼育可のマンションなのだ）、とか、夜中に香水の匂いを撒《ま》き散らしながら帰宅する三〇一の住人は、おそらくバーやナイトクラブで働いているのだろう（歓楽街もほど近い地区だけに、たまにホストらしき人を見かけることもある）などと推測はする。

ただ、三〇二に暮らす夫妻のように五年も住み続けている人は珍しく、多くは契約期限の二年で転居をしていくし、三ヶ月や半年といった短い期間しか入居しない人もいるようだった。引っ越しのトラックがエントランス前で作業をしている姿をしばしば目にするのは、なるほどそういうことなのだ。人の入れ替わりが早く、定着率が低いというのも、都会の賃貸マンションらしいといえばそのとおりだ。

夏も近いある夜のことだった。

ガタッ。

二十二時を過ぎた頃だ。三〇二の階上から大きな足音が響き、夫妻が驚いて顔を見合わせた。このマンションはさほど高級という部類でもないわりに、遮音効果が優れていて、他の部屋の生活音が聞こえることはまずない。それだけに、上階から響いてきた音に、びくりとした。

「四〇二に新しい人が越してきたのか？」

天井に人差し指を向けた夫に尋ねられ、妻が首を捻る。

「引っ越し業者は見かけなかったけど。どうかしらね」

今年はなかなか梅雨が明けない。外では静かな雨が降り続いていて、それだけに、閉め切った室内で、ガタゴトいう音が籠《こも》って響いていた。

異動や転勤の時期が引っ越しのシーズンだろうけれど、人それぞれ事情が違う。夏のはじめのこんな季節に引っ越しをする人だっているだろう。だとしても、わざわざ梅雨の最中《さなか》に引っ越ししなくても、とも思う。荷出しで家具や段ボールが湿ってしまわないか、と余計な心配をしている最中にも、音が途切れつつも届いてくる。きっとその湿った段ボールを開梱したり、家具を配置したりしているのだろう。

「うるさいな」

夫はベッドに入ってもしばらくは顔を歪ませていたけれど、明日も早朝から会議がある。資料を頭の中で開いているうちに、眠りに就いた。

夫の穏やかな寝息が睡魔を呼び寄せ、妻もあくびを漏らした。やがて静けさを外の雨が包み込んだ。

どうやら四〇二の住人は、二十二時ごろに帰宅をするのが日課らしい。派手な足音を鳴らし、ドアの開け閉めも力任せにするのか、二十二時から二十四時の二時間ほどはいつも天井を通して、夫妻の部屋まで生活音が聞こえてきていた。

「こんなに足音が大きいってことは、そうとう図体のデカイやつなんじゃないか?」

妻は首を振る。いつだったか、当の本人らしき住人とエレベーターで乗り合わせたことがあったからだ。

「小柄な男性よ。でもどことなく堅気《かたぎ》じゃないような風貌《ふうぼう》の人だったわね」

薄手の開衿《かいきん》シャツにサンダル姿を思い起こして、そっと眉を寄せた。

「なに、やばい商売でもしてるってことか?」

夫が声を潜める。ドタッ、バタッ、と何度か音が続き、妻が肩を竦《すく》める。

「象か熊でも飼ってたりして」

冗談を言ったつもりが、

「飼っちゃいけない動物を密輸入しているとか、な。いずれにせよ、多少騒がしくても、こっちから苦情を言ったりするのはよしておくか。逆ギレされても困るからな」

と夫が真顔で頷いた。

けれども人間は慣れる、という特性を持っている。上階の音は次第に耳障《みみざわ》りなもの

から、だんだんそれが夫妻の暮らしの一部になっていった。足音に耳をそばだて、

「おや、おかえりの時間だね。我々もそろそろ寝るとするか」

などと、すっかり時計代わりに使うようにすらなっていた。


その日も一日中、弱い雨が降っていた。

目が覚め、それが四階の音のせいだったと妻はすぐに気づく。夫は一旦寝入ると多少の物音ではビクともしないタイプだ。いまも上階から絶《た》えず聞こえてくる音など物ともせずに、穏やかな寝息をたてている。

妻は体を固くしながら、物音に耳を澄ます。外はうっすらと白んでおり、ベッドサイドの時計は、朝四時半を差していた。

パンッ、と床に何かを打ち付けるような音が繰り返し聞こえていた。パンッ、パンッ。

こんな早朝に、いったい何をしているのだろうか。想像をしていくうちに、身震いがしてきて、妻は夫の肩を揺らす。

「ねえ、起きて」

何度か声を掛けると、ようやく、

「どうかしたのか？」

と夫が目を擦《こす》った。

「上の人、妙な物音を立てているんだけど」

さっきから聞こえていたパンッ、という音は大きくなり小さくなり、続いていた。

時間を訊《き》かれ答えると、

「いくらなんでも迷惑だなあ」

夫が面倒くさそうに口を曲げた。

「ねえ、なんだと思う？　なんだか私、怖い」

妻が夫の腕に顔を埋《うず》めた。

「足音にしては、変わっているよな」

ようやく目が冴《さ》えてきたのか、夫が怪訝《けげん》そうに呟《つぶや》くと、

「まさか人殺しでもしているんじゃないわよね」

外が静かな分、音が派手に響いていた。繰り返し聞こえる音は、人間の頭を床にぶつけている音なのではないか、と妻が不安を募らせたのも、おかしくはない。

「さすがにそれはないだろ」

夫も宥《なだ》めながらも、もしダイニングで人を殺したのなら、このあと、遺体を風呂場に運ぶだろうから、物を引きずる音が聞こえるはずだ、とサスペンスドラマからしか得ていない知識に、耳をそばだてたりもしていた。

しかし、しばらくすると、物音はぱたりと止《や》み、また静けさが戻った。

「いったいなんだったんだろう」

狐《きつね》につままれたような気分は残ったけれども、眠気のほうが優《まさ》った。起床時間まであと二時間あった。夫婦は手を握り合ったまま、短い睡眠に戻った。


翌朝は燃えるゴミの日だった。収集時間に間に合うよう普段より何分か早めにセットした目覚しに促され、妻が手早くゴミ袋をまとめる。エレベーターを降りると、一階のエントランスが俄《にわ》かに騒がしくなっていた。

この時間には、たいていは掃き掃除をしている管理人がいるだけなのに、エントランス内には四、五名の警官と思《おぼ》しき制服姿の男がものものしい雰囲気を作っていた。

「何かあったんですか？」

ゴミ袋を手にした妻が、脇で立ち竦んでいる管理人におそるおそる話しかける。

「あ」

管理人が妻を認めるや否《いな》や、警官の一人に、

「この方、三〇二の住人さんです」

と、即座に声をかけた。

「三〇二？」

撫然《ぶぜん》とした表情をわずかに崩し、ああ、と頷くと、「下の部屋の方なんですね」と妻に向かった。

「これまで四〇二の物音など不審に思った点はありませんか？　気になったことをなんでも話してください」

戸惑う妻に畳み掛けるように質問をしてくる。

「あの。四〇二で何か事件でも？」

人殺しか、密輸か……。妻がそう口を開く前に、

「密造、らしいですよ」

横にいた管理人がポツリと漏らす。

「密造？　いったい何を？」

おろおろと尋ねる妻に、制服の警官がチッと舌打ちしながら言った。

「前線だよ。梅雨前線」

ぶっきらぼうに吐き捨てると、

「最近はそういうのが多くて参っちゃうよ。だからいつまでも梅雨が長引くんだ」

手には、綯《な》ったばかりらしき縄のようなものがあった。それをくるくると器用に丸め、玄関口に置かれていた巨大な袋に放り込むと、ぎゅっと紐《ひも》で縛った。

ゴミの収集車が近づく音が聞こえ、妻は慌てて外に出て、道路に面した集積所に走った。

気持ちよく晴れ渡った青空が広がっていた。

「ようやく梅雨明けか」

声に振り向くと、制服姿の警官が縄の入った袋を背に担ぎ、車に乗り込むところだった。

大暑〈たいしょ〉

真夏の浜辺

浜辺に打ち寄せる波と戯れる娘のキャッキャというはしゃぎ声を耳に入れながら、ああ、これが幸せというものだろう、と花歩《かほ》は思っていた。

波打ち際から少し離れた砂浜に、レジャーシートを敷いて座っている花歩のそんな心の声が届いたわけでもないだろうが、娘の手をひいた夫の郁也《いくや》が振り向いて手を振った。

ビニールシートを通しても、スカートの中の尻やミュールを履いた足の裏が火照《ほて》るのだから、裸足《はだし》で砂浜を駆ける娘や、ビーチサンダル姿の夫はさぞ熱かろう、と花歩は日傘を顔に近づけた。

「ママァー、小さいカニさんがいるよぉー」

来年小学校にあがる一人娘の波留《はる》が、舌ったらずな声を上げていた。
波留は保育園や産婦人科で会う同じ月齢の子と比べ、言葉が遅いように感じていたが、それはいまの幸せを曇らすほどのことでもなかった。むしろ、その幼さゆえに、可愛《かわい》らしさも増し、いっそこのまま成長なんてしなくてもいい、とまで思えるほどに愛《いと》おしい。

郁也とは派遣社員の花歩が一時期所属していた会社で出会った。派遣先の事情によって、繁忙期の数週間だけ派遣されることもあれば、数年単位の長期ということもある。正社員の郁也と出会ったその会社は後者のほうで、花歩はそこで三年近く勤めた。配属された部署の主任が、直接指示を仰ぐ担当者で、花歩のひとまわり上の男性だった。正社員なら上司ということになるのだが、派遣だと立場が微妙だ。その微妙な距離感は軽さに直結し、しばしばセクハラまがいの言葉を気安くかけてきた。それを声高に訴えても、派遣の戯言など、会社が相手にするはずもない。むしろ、扱いづらい、と敬遠されるのが落ちだ。

花歩は、それを笑顔であしらい、この職場でのふさわしい振る舞いを探った。与えられた仕事を滞りなくこなし、社内が殺気だっているような繁忙期でも、明るさと快活さをキープした。

ただ、どんなにも花歩が真面目に働こうとも、責任のある仕事が回ってくることはない。にもかかわらず、ほんの小さなミスでも、しつこく非難された。花歩は頭をからっぽにし、反論や言い訳もすることなく、素直に頭を下げるすべを習得した。

残業続きの社員を手伝おうと名乗りあげても、派遣さんにやってもらうのは申し訳ない、と、やんわりと断られる。それは親身なようでいて、どこかで派遣の立場にある花歩を軽んじ、下に見ているのだ、といたたまれなかった。

やがて、社員の誰かが言い出したのか、あの人は社員に取り入っている、気に入られて社員登用を狙っているのではないか、と直属の主任の名とともに、根も葉もない噂話が広がった。

それが真実ではないことを知っている社員も、見てみぬふりをし、くだんの主任当人ですら、あらぬ噂をたてられるのが愉快なのか、花歩に故意に親しげに接してきた。

こうした噂は社内に瞬く間に広まっていく。まもなく、契約期間はまだ残っているにもかかわらず、花歩の派遣契約が終了した。もちろん社員登用の打診などない。おそらく事情を聞いた会社側が切ったのだろうが、後ろ指を差される日々にも耐えがたく、その処遇をありがたくすら感じた。

三年近くも勤めたのに、慰労《いろう》されることもなく、普段と同じように、帰社する花歩を郁也が呼び止めた。

郁也は花歩が配属されていた部署の最年少の社員で、たぶん、その年の新入社員だったのだろう。派遣の花歩との仕事上での絡《から》みはほとんどなかった。というか花歩自身が郁也に興味を示していなかったから、記憶にないのだ。

「僕ならあなたを大切にできます。どんなものからも守り抜きます」

そんな言葉とともに告白された。

郁也は口数も少なく、これといった趣味もない。体質なのか若白髪が目立ち、猫背がちなのも手伝い、花歩よりも四歳も年下で、まだ三十になったばかりにはとても見えない。わりと華やかな部類に属する花歩と一緒に歩いていると、まるで姫に仕《つか》える従者かというようなちぐはぐさが否めない。

けれども花歩は、郁也から注がれる愛情に浸って満たされていた。平凡だけどあたたかい家庭。大切にされるってこういうことか。花歩は結婚後、郁也が告白時に口にした言葉に嘘がなかったことを幾度となく感じた。

なかなか子宝には恵まれなかった。原因は花歩にあったのに、郁也は嫌な顔ひとつせず、真摯《しんし》に治療に向き合ってくれた。待望の妊娠がわかったときには、花歩の倍の涙を流し、

「産むのは私なんだけど」

と、それが可笑しくて、ふたりで泣きながら大笑いした。

娘の波留が生まれてからの甲斐甲斐しさは、同じ産院で産んだほかの母親から羨ましがられるほどだった。かわいい一人娘はもちろんふたりの宝物だったけれど、そんなにも愛してくれる郁也のことを、花歩はもっと好きになった。

波打ち際では、見つけた小さなカニを飽きることなく観察しているのか、しゃがんで微動だにしない波留を、郁也がしっかりと見守っている。ふたりを真夏の太陽が照らしていた。

と、そのとき、日傘を差して座っている花歩の後方から、賑やかな声が近づいてきた。花歩の横を擦《す》り抜け、浜辺にかけていく男の子の後ろ姿が目に入った。

「あ、泣くな」

花歩はそう思った。

波留は同じ年くらいの男の子が苦手だ。もっと言うならば、父親の郁也以外の男性はみな苦手で、たとえ優しく声をかけられたとしても、顔を背け、涙を見せる。あの年頃の子にはよくあることらしい。そんな波留もいずれ成長すれば、異性に好意を抱くようになるのだろうから、一過性のものだ。

熱い砂などものともせずに、男の子は裸足で浜辺に一直線に駆け寄る。手にしたプラスチック製の剣のようなものをぶるんぶるんと自慢げに振っていた。もちろんおもちゃだから、多少手荒く扱っても怪我をするような代物ではない。

けれども苦手な男の子が安寧の場に入り込んできたショックと、見慣れない「武器」に波留がハッと顔をあげた。泣き出すかと思ったが、むしろ驚きのあまり声も出ない、という様子だった。

「大丈夫よー」

花歩が宥めに行こうかと、と立ち上がったその時、

「わっ」

派手に泣いたのは男の子のほうだった。

尻餅をついた男の子がこわごわと後退《あとずさ》りしていた。おもちゃの剣はいつの間にか夫の郁也の手にあった。郁也はそれを振り翳《かざ》し、執拗《しつよう》に男の子に向かっていったかと思うと、彼の目の前で真っ二つに折った。郁也の腕力でも簡単に破壊できるほどにちゃちなおもちゃだったのだ。バリッという音が、波に紛れた。

郁也が乱暴に放った剣の片割れは、波間にぽっかりと浮かんで揺れていた。幾度か波が打ち寄せているうちに、浜辺に打ち寄せられた。いつしか男の子は視界から消え

ていた。

「プラゴミを海に流しちゃいけないでしょ。環境を考えなきゃ」

浜辺を歩きながら、花歩は水に濡れた壊れた剣を拾い上げ、やれやれ、と肩を竦め、手持ちのエコバッグに入れた。

「そうだな。ごめんごめん」

郁也が照れ臭そうに頭を掻《か》いた。

すっかり機嫌の戻った波留が、郁也の脇からたまらなく可愛い笑い声をたてる。

幸せだなあ。

花歩はそう思いながら、夫と娘のもとへとゆっくりと近づいていった。ここには我々を脅かすものはなにもない。真夏の浜辺には、ただ寄せては返す波の音だけが平穏に響いていた。

立秋〈りっしゅう〉

ビオラケース

男は女のふくよかに盛り上がった腹に手を置く。

「大切に決まっているだろ。でもどうにもならないんだ。わかってくれるよね」

女は自分の腹に添えられた男の皺のある手に目をやる。置かれた臍《へそ》の上がじっとりと湿度を持っていた。

ふたりは所属している楽団の仲間だ。

公演では観客から料金を徴取するのだから一応はプロではあるのだが、年に数回の公演の収益だけで暮らしてはいけない。団員の多くは、どこかの企業に勤めており、この男も、それなりに名の通った会社のそこそこの地位にいた。

女は、五年ほど前に音大を卒業したあとは、宅配業の受付をしがてら、たまにある演奏の仕事をこなしていた。自らの名前で演奏するのではなく、多くは匿名《とくめい》で結婚式や映像の背景に流れる音楽を請け負う。大学での専門はピアノだったが、楽器演奏は金管、木管、弦楽器問わず得意で、頼まれれば、おおむねの楽器はこなすことができる。いまの楽団では、ビオラを担当している。

楽器は趣味の範囲で楽しむ、と割り切っている団員もいる中、この男は本業は勤め人でありながらも、楽団の活動にも熱心だった。女と同じビオラパートをこなしながら、乞《こ》われて団長を兼任していた。

男には家庭があった。巷《ちまた》でよく聞くように、

「妻とは不仲で、離婚を考えている」

という常套句《じょうとうく》を使い、女を安心させた。そんなの嘘に決まっている、頭ではそう思うのに、心は「この人だけは違う」などと勝手に思い込もうとしていた。

子ができた、と伝えるとわかりやすく動揺し、

「子どもは諦めてくれ」

と非情な言葉を発し、女を唖然《あぜん》とさせた。

女が頷くと、男はお腹《なか》から手を離す。同時に男の口からは、ホッとしたような息が漏れた。結局、この人も多分に漏れず、ただの遊びで女性と付き合える男だったのだ。見る目のない愚かな自分にも呆《あき》れ果てた。

表通りには真夏の日差しが降り注いでいた。ビオラケースを抱えた手が汗で滲《にじ》んだ。受付の仕事と頼まれ仕事の演奏や楽団からの配分だけで子を産み育てるのは無理だ。働きに出るには子を預ける必要があるが、それすら難しいのではないか、と想像する。諦めるしかない……。そう思った途端、頭がくらっとした。暑さのせいだ。木陰《こかげ》を探し、公園のベンチに腰掛けた。悪阻《つわり》なのか、吐き気もあった。

どこからか鳥の囀《さえず》りのような軽《かろ》やかな音が聞こえ、あたりを見回す。それがどうやら自分の足元に置いたビオラケースの中からららしいとわかり、女はおそるおそるケースを膝にのせた。黒いケースは日の光を蓄え、熱を持っていた。耳を近づけると、鼓動とともに、ごそっと何かが蠢く気配がした。

これは私のお腹の中だ。

女は瞬時にそれを理解すると、ケースに頬擦《ほおず》りした。頬が焦《こ》げそうに熱かったが、気にならなかった。

ごめんね。ごめんね。

溢《あふ》れる涙がケースを濡らし、黒色が艶やかに輝いた。

ケースをそっと開けるが、そこには使い慣れたビオラが一台入っているだけだった。女はビオラを肩にのせ、弓で弦を押さえる。ゆっくり動かすと、一音が三音にも四音にもなり、和音を奏《かな》でた。明るいリズムが笑い声のように転がって広がった。

女のまわりには人垣ができ、みな笑顔で拍手をした。足元のケースには、お札が次々と溜まっていく。手を叩く観客は次第にステップを踏み、歌い踊り、その輪がどんどん大きくなる。輪の真ん中で女が奏でるビオラからは、いろとりどりのシャボンが浮かび、消えていった。

最後のシャボン玉が空に浮かび、爆《は》ぜると、あたりは静まり返った。女は相変わらず公園のベンチに座ったままで、まわりには誰も見当たらない。足元のケースには小銭すらなかった。

女はもう一度弦をつま弾こうとしたが、そのままからっぽのケースにしまった。
真夏の夢だ。
首を振って立ちあがった。けれども、女の足取りは軽い。
この子と生きる道を探す――。
消え残ったシャボン玉がどこからか飛んできて、女の後ろで浮かんだ。虹色に輝いた。

処暑〈しょしょ〉

朝の風景

キッチンには、すでに強い朝日が差し込んでいる。冬には真っ暗だったのにな、と起床時間は一定なのだから、季節の変化をわかりやすく実感する。

家族はまだ眠りの中にいて、聞こえる音といえば、ひぐらしの鳴く声くらいだ。窓を開けると、生温《なまぬる》い風が吹き込んできた。いったいこの暑さはいつまで続くのだろうか、真夏日になる、と、寝起きにベッドで見たネットのニュースが今朝もそんなことを伝えていた。

ベランダのウッドデッキも、あと何時間かすれば、とても素足では出られなくなるけれど、さすがに早朝のこの時間なら気にならない。夏の暑さや湿気にも強い、と園芸店で薦《すす》められたペンタスが、プランターで濃いピンクの星形の花を携え、朝の水を待っていた。

ジョウロで水をかけると、花の色が一段濃さを増した。

ペンタスの鉢の隣では、プチトマトが小さな実を真っ赤に色づかせていた。今年はじめて挑戦したいわゆるベランダ菜園だけれど、案外たやすく実をならせることに成功した。この調子なら、茄子《なす》や胡瓜《きゅうり》もいけるかもしれない、などとほくそ笑みながら、熟したトマトを二個、三個ともぐ。

それらの背丈を凌《しの》ぐように青々と茂っているのはペパーミントだ。ハーブは季節ごとに植え替えて楽しんでいる。冬にはローズマリーやローリエ、春先に植えたバジルは次々と葉をつけ、料理に消費するのが追いつかないほどだ。

たった数分、外にいただけなのに、額にはじっとりと汗が滲んでいる。日差しの勢いが強くなってきている。急いで、ミントの葉を数枚摘み取って、リビングに戻った。エアコンの効いた室内で、大きく吐いた息が、熱さを持っていることに驚かされた。

熱中症に注意、とこの夏ももう何度も聞いた言葉の意味を、こんな時に殊更に理解したりもするのだ。

家族が起きるよりも三時間も早く起きるのは、難儀《なんぎ》なことではない。早起きが不得手《ふえて》な人にとっては苦行だろうけれども、自分は平気だ。むしろ、ひとりだけの静かな中で、家事を進めるのは、心地いい。

摘み立てのミントの葉を軽く洗い、グラスに入れる。冷蔵庫から取り出したレモンは輪切りにする。暑い一日を乗り切るには、水分だけでなく、糖分も必要だ、ときび砂糖をスプーンで掬《すく》った。キンキンに冷えた炭酸水を注ぎ入れると、グラスの中で泡が踊った。ミントとレモンが爽やかに喉を通っていった。

自分の分も含め、作る弁当は四つ。厚焼きの卵焼きは甘くし、ブロッコリーには胡麻をまぶした。一口大にした鶏もも肉は甘辛の照り焼きに、野菜の煮物は昨夜の夕食の残りだ。

弁当の蓋は開けたまま。特にこの季節はこうしてちゃんと冷ますことが大切だ。弁当を冷ましている間は、室内の掃除をするのにちょうどいい。掃除機は週末にかけるのがルーティンになっているから、平日の朝はシートのついたワイパーで軽く埃《ほこり》を拭う程度でいい。

弁当が和食の日は、朝食は軽い洋食と決めている。トーストとベランダ菜園のトマト入りサラダ。ミントソーダに使った残りのレモンは、手で絞ってサラダのドレッシングにする。フレッシュさが際立つのか、酸っぱいのが苦手な子ども達にも好評だ。

洗濯機を回しはじめた頃に、家族が起き出してくる。パンをトースターに入れる時間だ。

「おはよう」

「おはよう」

新聞を広げる音とテレビのキャスターの音声が重なった。

——夏ばて予防を心がけましょう。

食欲が増すよう、いつもよりも濃い味付けにした自らの判断に満足する。

弁当の包みを置くと、息子と娘がバタバタとダイニングにやってくるやいなや、口々にいう。

「試合が近いから、部活でちょっと遅くなるかも」

この季節なら、ナイター設備のない中学校の運動場でも、それなりの時間まで野球の練習ができるようだ。バスの時間を確認し、迎えに出るタイミングを逆算する。

「誕生日会に持って行ったチョコチャンククッキー、好評だったから、また作りたい」

クラスメイト宅で開かれた誕生日会の手みやげにと週末に一緒に作った焼き菓子は、高学年になるとはいえ、小学生がはじめて作ったにしてはまずまずで、喜ばれたのならなによりだ。なかなか筋がよさそうだから、次はもっと高度な菓子にチャレンジさせるのもいいかもしれない、などと期待する。

「部下が相談に乗って欲しいらしいから、明日の夕飯、外で済ませると思う」

新聞の向こうから声がかかる。自宅から少し離れたバス停まで子どもを迎えに行くのは、夫婦の当番制だ。確か明日のお迎え当番は自分ではなかったはずだ。前日になってからの予定変更は、少し困るな、と正直思うこともあるが、重役が部下の面倒を見るのは仕方ないか、と、はいはい、と頷く。

家族を送り出してから、洗い物をし、家を出る。職場までのバスは相変わらず混んでいて、前夜にアイロンをかけた通勤服が途端に汗ばんでしまう。

月末が近いわりに急務もなく、滞りなく仕事を終え、定時にあがる。職場を出ると、夕方の風が髪を揺らす。スーパーでの帰り道、急な雨に降られ、急ぎ足で帰宅し、慌てて洗濯物を取り入れる。幸いにも軒先まで降り込んでおらず、乾いた洗濯物を濡らすことなく取り入れることができた。

夕食の支度が整ったころ、家族が揃う。

「パパ、今日の晩御飯はなに？」

さすがに野球部の運動場もゲリラ豪雨には、対応していないのか、部活が中止になった娘が、日に焼けた顔を綻《ほころ》ばす。

「今度はお姉ちゃんにもクッキー作ってあげようか」

息子が誇らしげに胸を張る。

「今日のお弁当、また部下に羨ましがられちゃった。あなたの作る照り焼き、絶品よね」

妻が肩を竦めて笑った。

「さ、みんな手を洗ってきて。テレビは消しなさい」

今夜は俺の得意料理のアクアパッツァだ。家族の笑顔に、こちらまで嬉しくなった。こうしていつもと変わらない穏やかな一日が終わりを迎える。どこでも目にする、ごく普通の食卓の風景だ。

白露〈はくろ〉

時速二十キロ

彼は自転車に乗ってやってきた。

時速二十キロというのだから、競技用のロードバイクやクロスバイクではない。けれども、いわゆるママチャリ、なんて呼ばれ方もするシティサイクルにしては、それなりに速いほうではある。場合によっては、電動自転車という可能性もある。

そこではた、と疑問が頭をよぎる。いったい彼は、どこからその自転車に乗ってやってきたのだろうか。そしていつから走り続けているのだろうか、と。

おそらくかなり長い距離を走ってきたに違いない。坂や山、崖や川を越え。孤独にひたすらとそのペダルを漕《こ》いできたのだろう。

訪問が近づくことがわかると、人々は家に閉じ籠《こも》り、彼が去るのをじっと待つ。それが彼と関わりを持たない最善の方法だからだ。ただ、闇雲に木々を薙《な》ぎ倒し、他を寄せつけないのは、他者を痛めつけたいわけではなく、孤独に耐えかねるからだろうか。

「この道を通れば安全ですよ」

もし誰かがそんな助言をしてやったのなら、彼もそんな無茶をしないのかもしれない。しかし互いを理解し、共生していくことは、言葉ほど容易《たやす》くはない。

だから互いが出会わないよう用心深く距離を置く、いまはそれしか良策がないのだ。

テレビのニュースが伝える。

「時速二十キロと自転車並みのゆっくりとした速度を保ったまま、台風は海上に抜けました」

漆黒の海の上を、滑《すべ》るように自転車が走っていく。持て余さんばかりに大きな渦巻《うずま》きを、荷台にのせて。

夜空には星が瞬いていた。明日は台風一過の晴天に違いない。

秋分〈しゅうぶん〉

月見寺

その寺から見る月は、それはそれは美しい、と言われていた。

寺は高台にあり、眼下には湖が開けていた。うっそうと繁る樹木のかなたに昇った月が、その水面《みなも》にも同じ月を浮かべるのだ。

彼女は長い髪を垂らしたまま、境内《けいだい》に出した文机《ふづくえ》に肘を突き、ぼんやりと月の出を待ち侘《わ》びていた。

どうやら小説家志望の彼女は、仕事道具一式を抱え、この寺に数日前から参籠《さんろう》しているようだった。ただし、神仏に祈願したり仏の道の修行をしているふうでもない。

山を歩いて越え、湖を船に揺られてまでしてここを訪れたのは、俗世から離れ、仕事に専念するためのようだ。

ここなら、煩わしい人間関係や誘惑もなく、まっさらな気持ちで執筆活動ができる。きっといい着想に恵まれるだろう。

などとほのかな期待をするが、白い用紙が文字で埋まることはない。

日中は汗ばむ気温だったけれど、日が落ちてからは肌寒さを感じるほどで、彼女は上着を引き寄せる。菊の紋様の入った藤色の上着を肩から羽織った。さわさわと風が木々を揺らし、どこからか虫の声が響いてきて、否応なしに秋の訪れを感じさせられる。

締め切り日が近づいてくるにもかかわらず、一向に筆は進まない。

参ったなあ。

ため息を漏らし、肘を突いた両手のひらに顎を預ける。境内は行燈《あんどん》や竹灯籠《たけとうろう》が灯《とも》され、参詣客も多く、いつになく賑やかだ。ただ、すすきや団子が飾られることはない。

小説家を目指したのは、止むに止まれぬ事情があったからだ。夫に先立たれ、一人娘を育て生計を立てる術《すべ》が、自分が得意な物書きしか思い浮かばなかったからだ。

若い頃から物語を綴《つづ》ってみたり、頼まれてゴーストライターのようなこともやってみたりはしていたけれど、それだけでは心許《こころもと》ない。自分が物書きになるだなんて思ってもみなかったし、夢にすらしていなかった。それは子どもの頃から書物を読むのが好きだったからこそ、こんな面白いものを書くのは凡人には無理なことだ、と思っていたからだ。ただ、夫亡きあと、手慰《てなぐさ》みに書いたものがたまたま人の目に触れ、長編の執筆を勧められたまでのことだ。

ただやるからには、自らの名で作品を発表したいと思うのは、当たり前の心情だろう。物書きで独り立ちすることの難しさをわかってはいるだけに、とにかく書くことでしか上達はしないんだ、と近道を探るようなことはしてこなかった。

しかし、机に座り、用紙を前にしても、雑念ばかりが頭をよぎり、捗《はかど》らない。やる気、というものをどこかに置きわすれてしまったのか、あたりを探してみても、見つからない。

根気や集中力という類のものは、いったいどこから来るのだろうか。その答えを知っている人のみが、着実に成長や成功を遂げているように思えてならない。

夜が更けていく。

ふと、真っ白な用紙の上が明るくなり、ハッとして目をあげる。

月が昇っていた。欠けのない満月が眩しいほどに輝いて、月明かりが彼女の手元を照らしていた。しばらく美しい月に見入ってから、ようやく彼女は筆を取る。

——今宵は十五夜なりけり。

ずっとずっと昔。いまから千年以上も前のことでした。

寒露〈かんろ〉

手芸上手

おかあさんは手芸がとても上手です。

秋風が吹くようになると、夏の間は押し入れにしまっていたフェルトや毛糸を出してきて、セーターを編んだり、スクールバッグにアップリケをしてくれたりします。

あったかい部屋で、淹《い》れたての紅茶を飲みながら、手仕事をする時間が、おかあさんもあたしも大好きです。

テーブルの上には、針や糸の材料に混じって、クッキーが載った花の絵柄のお皿があったりもするのです。

あたしは、布を広げるおかあさんの隣にちょこんと座って、テーブルに手を伸ばし、バターのたっぷり沁《し》みたクッキーをぱくつくのです。

「あらまあ、食いしん坊さん」

おかあさんは仕事の手をやすめ、あたしを優しい目で見つめ、それから頭をそっと撫でてくれるのです。長い秋の夜は、そうやって穏やかな時間を過ごすのです。

あたしのおへそは、ずっと子どもだったころに、おかあさんがボタンケースから選りすぐりの一個を見つけ、糸で縫《ぬ》い付けてくれました。おへそがないと可哀想《かわいそう》だ、とおとうさんが言ったからだそうです。けれども、急いで付けたせいか、ちょっとだけでべそではあります。

なぜ、あたしにはおへそがなかったのでしょうか。おとうさんもおかあさんもナイショにしているようですが、それなりに成長したあたしには、ちゃんとわかるのです。

あたしは、たまごから生まれたんだ、って。

そう思うに至ったのには理由があります。

たまごから生まれる生物は鳥や魚、虫や両生類ですが、たまごを産む哺乳類もいるのです。カモノハシやハリモグラの仲間です。それらは難しい言葉で単孔類、と呼ばれているそうです。あたしはカモノハシでもハリモグラでもなく人間ですから、きっと限りなく人間に近い単孔類なのではないか、と思います。

変なことを言っていますか？　気にせず聞いてください。

もしかしたら、と疑問を持つようになったのは、あたしがどことなく、学校の友だちとちょっと違うな、と感じたことがきっかけです。

彼女たちは、いつもグループになって行動するのが好きなようでしたが、あたしはひとりでいるほうが楽でしたし、彼女たちが話題にするようなアニメのキャラクターよりも、海外の童話のほうに心ひかれました。

昼休みになると、ませた子たちは美容の研究に熱心でしたが、あたしは校庭の片隅で飼っていたウサギの飼育に夢中でした。ひとりでいて寂しいとは少しも思いませんでした。

そういうあたしのことを、

「あの子、変わっているね」

と、彼女らは興味を逸《そ》らせていくのでした。

そんなある日のこと、あたしはおとうさんとおかあさんが、こんな会話をしていたのを耳に入れてしまったのです。おとうさんとおかあさんは口喧嘩《くちげんか》をしていました。夫婦間ではよくある、他愛《たわい》もないことからの言い争いです。

「わたしがあの子をあたためているとき、あなたいったいどこで遊んでいたのよ。どこか他に女がいたんじゃないの？」

おかあさんがイラついています。

「まさか。お前の食べ物を探しに行っていたに決まっているじゃないか。その証拠にちゃんと栄養のあるものを持って帰ってきただろ。だからかえったばかりのあの子も、いい母乳で育って、あんなに健康な子になったじゃないか」

おとうさんがおろおろと弁明していました。あたしは、おとうさんの口にした「かえった」が「孵った」だと理解できたのは、その数日後でした。その時もやっぱりふたりは会話をしていました。今度は喧嘩ではありません。仲睦《なかむつ》まじく、思い出話をしていました。

「わたしの代わりにあなたがあたためてくれたこともあったわね」

「ああ。でも壊れないように抱えるのが大変で、不安で仕方なかったな」

「無事に育ってくれてよかった」

おかあさんの懐かしそうな声が、揺れていました。

なるほど。みかけは他の人と変わりありませんが、生まれた過程が違ったのです。

ああ、あたしと学校の同級生たちとは種が違うのだ、と思いました。それならば、分かち合えないのも無理はありません。

たまごから生まれたせいかどうかわかりませんが、あたしには尻尾が生えています。

もちろん普段は洋服に隠れていますから、他人に知られることはありません。

猫や犬は尻尾で感情を表現します。尻尾がピンとしていると機嫌がいい、とか、尻尾が垂れているときは不安だ、とか。もちろん尻尾をぶるんぶるん振るのは愛情のしるし、ですよね。

人間も尻尾があればいいのに、と尻尾持ちのあたしはいつも思います。そうすれば、「あの人の気持ちがわからない」

だの、

「さっきまで機嫌がよかったのに、いつの間に不貞腐《ふてくさ》れてしまったのか理解できない」

だのといった悩みは解消できるはずですけど。

さて話をあたしのことに戻しましょう。

おとなになって、会社に勤めるようになるころには、あたしもまわりの人たちとうまく馴染《なじ》む方法を身につけていました。もう「変わっているね」などと揶揄《やゆ》されることもありません。部署の飲み会にも行って、同僚や上司の会話に相槌《あいづち》を打つこともごく自然にできましたし、二歳年上の恋人もできました。

その恋人に尻尾を見せるのに躊躇はありませんでした。

「俺だけが知っている秘密だ」

と、おかあさん作のへそもいたく気に入ってくれ、愛おしそうに弄んでもくれました。そのたびに、ボタンのへそが取れてしまわないかとそんな心配をしたほどですが、手芸上手のおかあさんのボタンは頑丈に付けられていて、そんなことではビクともしませんでした。

けれども、たまごから生まれたことを話す前にお別れしてしまったのは残念です。あたしもいつか、こんな生い立ちを包み隠さず伝えたいと思える相手に巡り合えるのでしょうか。やがてみごもったとしたら、あたしもやはりたまごを産むのかもしれません。そのとき、その相手の男性は、ちゃんとたまごをあたためてくれるといいのですが。

出産はさすがにまかせられませんが、孵化《ふか》や子育てには積極的に参加してほしいものです。おとうさんのように、おかあさんがじっとたまごをあたためている間、これ幸いと遊びに行くような真似をしようものなら、懲《こ》らしめてやろうと思います。

子育てや家のことを女性にまかせるなんてもってのほかです。ふたりの子どもなのだから、ワンオペなんて許せませんね。平等の立場で、お互いを尊敬し合う関係があたしの理想なのです。

秋の夜は長くて、静かです。

あたしの手先の器用さはおかあさん譲りです。色とりどりの毛糸で編んだ鮮やかなスヌードがもうすぐ完成です。冬にはきっと重宝してくれるでしょう。

首元に当ててみると、ふわふわの肌触りが心地いいです。ふと、髪の毛から何かがポロリと落ち、編みかけのスヌードに絡みました。

子どもの頃は、こんなふうに身体のどこからかこうしたカケラを見つけることがあったけれど、おとなになったいまでもまだ残っていたようです。

あたしはその磁器のような真っ白いカケラを用心深く取り除きました。指に挟まれると、カチッと音を立てて粉々になりました。その粉が毛糸に紛れないよう、両手で掬い上げました。あたしの一部、たまごの殻を。

霜降〈そうこう〉

木枯らしと紅葉

「あら、久しぶり」

スーパーで買い物をしていると肩を叩かれびくりとする。声をかけてきたのは、互いの娘の小学校が一緒だった広田《ひろた》だった。娘たちが高校生になったいまでも、当時の母親同士で付き合いが続いている人たちもいるらしいから、こうしてすっかり疎遠になっている美冴《みさえ》のことを、広田は人付き合いが悪い、と思っているはずだ。

「この間、進藤《しんどう》さんや望月《もちづき》さんとランチしたのよ」

広田が鼻を高くして言う。進藤や望月は、広田や美冴とともに、当時、順繰りに担当が回ってくる校門前の横断歩道での旗振りを共にした。その頃から彼女ら三人は仲がよかったから、美冴以外の三人でグループラインなどを作って連絡を取り合っているのかもしれない。

「花苗《かなえ》ちゃん、成南なんでしょ。すごいわね」

ギラギラと見開いた目で身を乗り出してくる姿にぎょっとする。娘の花苗が通っている都立の成南高校は、偏差値の高い進学校だ。望月の息子も同級生だから、そのランチとやらで話題に出たのだろう。

母親はそんなに頭がよさそうにも見えないけれど、娘は勉強ができるのね。母親の頭脳が子どもにいくっていうのは嘘ね、などと噂話が聞こえるようだ。

「うちなんて都立は落ちちゃって、どうにかこうにか私立に滑り込んだのよ。高校に入ったら覚えるのは遊びばかりで、とても進学は望めそうもないわ」

広田は大袈裟《おおげさ》に肩を竦める。彼女の娘は、小学生の頃から目を瞠《みは》るようなルックスだった。いまごろは母親のスタイルに似たスレンダーな高校生になっているだろう。校則の厳しくない私立なら、ファッションや流行にも敏感で、いずれはインフルエンサーになって得意げに発信するような女性になるに違いない。

それに私学に通わせる財力が広田家にはあることを、そこはかとなく自慢され、美冴は夫の安月給が見下されているように感じる。

「お出かけの帰り？　ちゃんとおしゃれされているから」

嫌味だろうか。着用しているワンピースは量販店のセールで購入したものだ。

「わたしなんて、いつもこんなよ。髪もバサバサで恥ずかしいわ」

広田は色褪《いろあ》せたデニムの腿《もも》のあたりを軽く叩いたあと、ロングの黒髪に手をやった。広田ほどにスタイルがよければ、カジュアルな服装も着こなせる。美冴が着れば、病み上がりかと心配されるだろう。

手入れもせずに豊富な黒髪を靡《なび》かせられるということは、白髪すらないということだ。美冴が月に一度の頻度で美容院に行くのは、そうでもしなければ地肌が目立ち、白髪だらけになってしまう体質だということをわかって言っているのだろうか。

「今度、みなさんで食事しましょうよ。進藤さんと望月さんも会いたがってましたから。お電話番号、変わってないわよね」

確認のために、と広田はその場で自分のスマホを取り出し、連絡先のリストから美冴の番号を探し出す。

美冴のスマホが、彼女の着信を受けブルッと震えた。

画面には電話番号だけが表示された。広田の番号は美冴のスマホには登録されていなかった。

「また連絡するわ」

広田が派手な笑顔を見せながら手を振り、売り場に戻っていった。

彼女から連絡が来ることはきっとないだろう。美冴は広田の電話番号を保存しようとはしなかった。

店を出た美冴に北風が吹き付けた。

寒いな。

まるで上辺だけの人間関係のように冷ややかだ。

落とした目の先には、煤《すす》けたコンクリートが続くばかりだった。

＊

「あら、久しぶり」

特売日のスーパーは混み合っていた。人にぶつかったのかと、謝ろうとしたら、そこに懐かしい顔があった。娘の小学校時代のママ友、広田だ。会うのはいまは高一の花苗の卒業以来だから、四年ぶりだ。久しぶりなのに覚えていてくれ、こうして声をかけてくれるのも嬉しく、思わず駆け寄った。

「この間、進藤さんや望月さんとランチしたのよ」

広田、進藤、望月、美冴の四人は、当時、保護者の役割で一緒に当番をした仲間だ。朝、校門前の横断歩道で、登校時の児童を見守る係をやった。

広田はその中ではリーダー的な存在で、こういう当番は苦手だという進藤や望月を上手に引っ張ってくれていた。きっといまも持ち前のサービス精神で、何かにつけ、ふたりのことも気にかけているのだろう。

「花苗ちゃん、成南なんでしょ。すごいわね」

当番仲間だった望月の息子が高校でも一緒なのは、娘から聞いていた。残念ながらクラスが違うせいで、母親と会うチャンスを失っていた。

第一志望の成南高校に入るため、花苗がかなり努力していたのを見ていたので、母親から見ても誇らしい。広田がもともと大きな目をもっと輝かせて讃《たた》えてくれるので、まるで自らが褒められたようでこそばゆくもなる。

「うちなんて都立は落ちちゃって、どうにかこうにか私立に滑り込んだのよ。高校に入ったら覚えるのは遊びばかりで、とても進学は望めそうもないわ」

広田がおどけるが、彼女の娘は、当時からクラスの人気者で、大人びたところもあった。堅苦しい都立で大学受験ばかりを目指すよりも、私学のほうが彼女らしさを伸ばせるようにも思える。それをきっと広田もわかっているのが、潑溂《はつらつ》とした表情から見てとれた。

「お出かけの帰り？　ちゃんとおしゃれされているから」

思いがけない言葉に目を瞠る。外出着だなんてとんでもない。なぜならこのワンピースはかなりお得に購入したものだからだ。でもそう思われるのなら、意外と自分は見る目があるのか、あるいはたまたまいいものに出会えたのか。いずれにせよ、着心地がよく気に入っていたから、つい手に取る機会が多くなるのだ。

「わたしなんて、いつもこんなよ。髪もバサバサで恥ずかしいわ」

スレンダーな広田には、カジュアルなデニムスタイルがよく似合っていた。長い髪も、羨ましいほどの黒さを保っていて、美冴は目を細める。

それでも白髪を染めるためとはいえ、美冴が月に一回は懇意の美容師にメンテナンスを頼んでいるのは、やはり年を重ねるにつれ、髪の艶や手入れが大切だと自らを戒《いまし》めているからだ。

「今度、みなさんで食事しましょうよ。進藤さんと望月さんも会いたがってましたから。お電話番号、変わってないわよね」

念の為、とすぐに美冴の番号に電話をする行動力に、さすがだなあ、と感心する。

バイブレーションしたスマホを見ると、画面には番号だけが表示された。どうやら広田の電話番号は聞いていたはずなのに、事もあろうに保存し忘れていたようだ。

「また連絡するわ」

広田の若々しい後ろ姿を見送ってから、美冴は忘れないうちに、と着信のあった番号を即座に登録した。これで彼女から連絡があったらすぐに出られるし、なんならこちらからかけてもいいな、などと四人での再会がいまから待ち遠しくなった。

店を出ると、街路樹が鮮やかに紅葉していた。

綺麗だな。

風は冷たかったけれど、心の中がほんのりと温かくなっていた。

顔を上げると、冬らしい青空が広がっていた。

立冬〈りっとう〉

真っ赤な果実

人生を歩んでいると、いくつもの分岐点にぶつかります。

ここにいま、Mという女性が、いまの仕事をやめるかどうするか悩んでいるとします。新しい世界を求めるか、それなりに居心地のいい会社を離れないでいるべきか。

Mは給料をもらう以上、仕事を適当にできないタイプです。真面目というよりも生真面目。うまく手を抜いたり、プライベートと仕事をきっぱりと切り離したりしている同僚や先輩を見ると、侮蔑よりも尊敬が上回る。あんなふうに器用に生きられたら、どんなにいいだろうか、と羨望しています。

いまの会社に不満はないのです。ただこのままでいいのだろうか、という漠然とした不安を常に抱いているのです。

彼女のように、自ら熟考したのちに道を選択することもあれば、状況によって望むと望まざるとにかかわらず、否応《いやおう》なしに別の道を進まされることもあります。進んだ道で満足するのなら問題はありません。でも人は欲張りです。選ばなかった道を歩んでいたならば、と悔やむこともあるかもしれません。

おや、ひとりの女性が道の真ん中で立ちすくんでいます。いったいどうしたのでしょうか、様子を見ていきましょう。

――ここはいったいどこだろう?

たわわになる赤い実を見上げ、ユナは呆然《ぼうぜん》とする。

さっきまで慣れた道を歩いていたはずだ。家からまっすぐ進み、横断歩道を渡り、大通りを避けて横道に入ったまではっきりと覚えている。時計を見れば、家を出てからまだ数分しか歩いていないことがわかるのに、全く見知らぬ土地に誘い込まれてしまったのか。頭上の赤い実は血のように濃く、ユナに覆いかかってくるようで、逃げ出したくなる。身震いは寒さのせいだけではない。ユナは不安で目を泳がせた。

つと振り向いて、ああ、なんだ、と思うと同時に肩に入っていた力が抜けた。

この横道には、いつもは大通りを越えた角を曲がって入る。ただ、今日はたまたま横断歩道がタイミングよく青信号になったせいで、手前の角から入ったまでのことだった。改めて見れば、それがいつもの裏通りだとすぐにわかることだ。

もちろんこのルートを使うのははじめてではない。けれども、久しぶりがために、角に生《は》えていた樹木に真っ赤な果実がなっているのを知らずにいた。

何のことはない。通り方を変えただけで、突然知らない場所を訪れてしまったかのように思えたのだった。

行きと帰りで同じ道なのに、景色を見る方角が違うだけで、別の道のように感じることがある。それと似たような錯覚だ。

おわかりいただけましたでしょうか。こうした日常の不安はあらゆるところに転がっています。

工事現場を通るときには、あの鉄の塊が落ちてきたらどうなるだろう、とはらはらしたりするし、横断歩道を渡るときは、この車がいま暴走したら、と怖くなる。古い歩道橋の上では、崩壊の危険を感じることもあるでしょう。

でも世の中はそうした不安をうまく掻い潜《くぐ》りながら動いていくものですから、起こりもしないことで悩んでいても仕方ないのです。

冒頭に登場したMに話を戻しましょう。

転職すべきか悩んでいた彼女です。新しい職場を求めて転職しようとも、あるいはいまのまま変わらずにいようとも、当然Mという人物に変わりはありません。納得して選択したほうを正しかった、と思って歩むしかないのです。

知らない場所に迷い込んだかという錯覚も、蓋をあけてみれば、いつもと同じ道。どこをどう歩いても結果は同じなのだということは、さっき見たとおりです。

逆をいえば、同じ道がたったひとつの赤い実を発見しただけで来たことのない道を見出《みいだ》したかのように思えたように、全く同じに見える毎日も、見方を変えれば新たな発見があるやもしれません。

人生は選択の連続、と思うかもしれませんが、実際はそうではないということが理解していただけたでしょうか。

あなたの歩んだ道が、あなたの道です。

けれどももし間違ったと思ったら、引き返せばいいじゃないですか。道は長く、続いていて、そしてどこかで繫がっているのですからね。

小雪〈しょうせつ〉

ピンク色の袋

バスに揺られて坂道を登っていく高台からは、海が見渡せた。澄んだ冬の空気の中で、水面が煌《きら》めきながら瞬いていた。

「散策は自由に行ってください」

添乗員は、肉付きのいいベテランで、おそらく四十代半ばだろう。自分よりわずかに年上とおぼしきその女性の声に耳を傾ける。

「ええと、集合は」

と、右腕をぐいっと、目の高さまであげた。運動部所属の高校生が嵌《は》めているようなスポーツメーカーの腕時計は、しかし潑溂とした彼女によく似合っていた。

「二時ちょうどにしましょうか」

と、九十分後の時間を指定した。

仕事が休みの日を使い、バスツアーに参加するようになったのは、ここ半年あまりのことだ。はじめて参加したのは、春先に淡いブルーの花を開かせる草花が一面に植えられた公園への見学ツアーだった。

数年前から、ニュースなどで目にしていたその光景を、一度、見てみたいとは思っていたけれど、公共交通機関を乗り継いでいくには、行きづらい場所だったために、訪れる機会がなかった。

地下鉄の駅のラックに置かれていたバスツアーのチラシも、花畑の写真に惹かれて手に取っただけだった。仕事の休憩時間に、バッグに入れっぱなしだったチラシになにげなく目を走らせているうちに、行ってみようかな、と思った。

それは職場からもほど近いターミナル駅を発着する半日行程のバスツアーで、花の咲く公園の見学に、公園内の施設でのランチがついたごくシンプルなプランだった。何よりもひとりでの参加も可、との文言に心が躍った。

最初はさすがに身構え、緊張とともに集合場所に行った。蓋を開けてみれば、何のことはなく、「おひとりさま」は全体の半数近くに及んでいた。バスの座席も二人掛けをひとりで使え、ランチ時や移動中に見ず知らずの相手と会話を強要されることもなかった。

その日は小春日和で、Kは配布された地図を片手に、敷地内を散策する。かつての豪族の所有地を整備し開放している。広大な敷地には、花壇や庭園などが配置されているようだった。

同僚が来月から産休に入る。彼女の仕事は部内で分担してこなすことになっているから、必然的に仕事量が増える。休日出勤も増えるだろう。こんなふうにゆっくり過ごす時間が貴重に思えた。

舗装されていない坂道を小石に気をつけながらおりていくと、右手に果樹園が広がっていた。

何の木だろうか、と地図と照らし合わせると、この地方の産物の柑橘《かんきつ》のようだった。

近づくと、こぶし大ほどの果実が木になっていた。出荷時には淡い黄色に色づくであろうそれは、いまはまだ葉と同じ緑色をしていた。

実のいくつかには紙袋が被されていた。こうして自然災害や外敵から実を守る方法は知っていた。しかし、袋が白とピンク色の二色にわかれているのに理由はあるのかな、と見上げていた。

「ヒヨドリに食べられないようにしているのよ」

奥で作業をしていたほっかむり姿の女性が、Kに気づいて声をかけてきた。

「ヒヨドリですか」

Kが愛想良く応じると、

「ピンクの袋をかけておくと、嫌がるのよ。だから一番大事にしたい実はピンク、その次が白って決めているのよ」

高値で出荷されやすい大きく、傷のない実を優先的に保護しているのだという。

「ああ、そうなんですね」

答えて、自分は白い袋どころか何も被されない実なんだろうな、とそんなことを思った。

同僚の妊娠は喜ばしいことに違いない。おめでとう、よかったね、と心から言える。ただ、それによって自分のところに皺寄せがくることを、どう納得させればいいのか。ピンクの袋を被ったひとりの大切な社員が休む間、その業務を袋を被っていないその他の者たちがカバーする。

チームで働くってそういうことだ、と素直になれない自分がもどかしい。大切にされる人のことをどこかで妬んでしまう。それに社会の宝である子どもを産み育てる女性は、ピンクの袋で守られて当然なのだ。

自分も違う立場だったら……。

「ピンクの袋をかけておくと、嫌がるのよ。だから一番大事にしたい実はピンク、その次が白って決めているのよ」

果物を管理していた女性の説明に、なるほどな、とRが頷く。

来月から産休に入るRは、子どもが生まれてからでは自由な時間が取れないだろう、とこのバスツアーに参加した。

夫婦で待ち望んだ妊娠だから、嬉しくないはずはない。そのうえ、会社は産休に加え、育休も十分に取らせてくれ、休み中には給料も支払われる。ありがたいことだ、と思いながらも、いったい自分の価値は何だろうか、と頭をよぎる。

有能な社員は、なるべく会社を離れない選択をする。子を持たなかったり、出産してもすぐに戻れる道を模索したりする彼女たちを見ていると、とても自分にはできない、とRは思うのだ。

自分が休んでいる間は、同じ部署の同僚や先輩が仕事を割り振って担当してくれる。彼らの負担が増えることを申し訳なく思いつつも、結局、自分がいなくたって会社は回るのだと思い知らされた。Rひとりの仕事なんて、大したことないのだ。

それに育休を終えて、復帰したところで、いまと同じように働かせてもらえる保証はない。もちろん育児との両立ができるようにと慮《おもんぱか》ってもらえるのは嬉しい一方で、「君は子育てが第一だから、そっちに専念しなさいな」

と窘《たしな》められているのではないか、とすら思い不安になる。ピンクの袋を被せて大切にしてもらえるのは、会社で率先して実績をあげていく社員だ。手放すことなく、大事にされる。いつお払い箱にされてもおかしくない、袋のない自分とは大違いだ。

これまで真摯に仕事に取り組んできたけれど、子どもが生まれれば優先順位はおのずと変わっていってしまう。それは正しいことなのだけれども、虚しさも感じる。負担を増やす他の社員への後ろめたさもある。

自分も違う立場だったら……。


気がつくと集合時間が迫っていた。

足早にバスに戻る。

空は澄み、遠くの山々がくっきりと見えた。その山の向こうでは雪がちらついているることは、こちらからはもちろんわからない。

それに、遠く離れた山の頂から見れば、袋の色は曖昧になり、白とピンクが混じり合い、淡い桃色に見えるであろうことも、麓《ふもと》にいるものにはわからない。

大雪〈たいせつ〉

冬眠族の棲む穴

その穴がどこにあるかと問われると、こたえに窮《きゅう》する。

どこにでもある、とも言えるし、どこにもない、とも言えるからだ。

ある一定の条件を持つ者だけがその穴に辿《たど》り着ける、と説明するのが最も適切だろう。


どすん。どさり。とん。

人が落ちてくる音が朝から途切れない。

「今日はえらく豊作だなあ」

背の高い男性が、片目を閉じたまま、穴の開いた天井を見上げる。

「よっぽど寒いんでしょうな」

「ちょうど大雪《たいせつ》らしいですよ」

「たいせつ？」

「漢字で大雪《おおゆき》って書くのよね」

「え、なんだって。大雪が降ってるって？」

「いやいや違うって。そういう暦《こよみ》のことよ。本格的な冬の到来ってわけ」

がやがやと会話をしている間にも、穴からは新たな滞在者がやってくる。

「あら。また来たわ」

すとん、という音とともに、穴からひとりの女性が落ちてきた。

「属性は会社帰りの疲れた社員、ですね」

班長がふくよかな頬を緩め、即座にそう認定すると、

「うむ」

長老が神妙に頷いた。

女性はしばらくその場に立ちすくんだままぽかんと口を開けているが、状況が飲み

込めないのだろう。致し方あるまい。

その女性、名前を仮にDとしよう。年の頃は二十代後半、正確に伝える必要があるのかどうかはわからないが、包み隠すことでもない、二十七歳と四ヶ月いくらか、である。ちょうど生後一万日めにあたるらしい。Dはさっきまで、会社、それは想像するにごく一般的な企業で、そういったどの場でもありがちな人間関係の微妙な距離に疲れ、若干理不尽だと訴えたくなるような事例もあるような、そんな日常を送っていた。冷え込む冬の夕暮れ、いつものように会社帰りの道をとぼとぼと歩いていたのだから。

着用しているベージュのダウンジャケットは、グースの羽毛入りとタグには記されていたけれど、それは値段相応に薄っぺらく、そして冷たい風を容易に通すような簡易に作られた商品だった。

グース。ガチョウ、か。Dは俯《うつむ》き加減で歩きながらもジャケットの前を掻き合わせ、ガチョウの姿を頭に思い浮かべようとしていた。ふかふかの羽毛を想像でもすれば、寒さが幾分かは凌げるのではないか、と思ったのだが、頭の中をどう整理しても、ガチョウの正しい姿は浮かんではこなかった。そもそもガチョウって水鳥だろうか、などと、池に浮かんで羽をバタつかせる鳥を想像したせいで、余計に凍《こご》えるような気配を感じ、ぶるっと震えを催し、慌てて左右の腕を交差させ、肩のあたりをさすった。

Dがガチョウに一心の思いを寄せたのは、そのみずしらずの鳥が安いダウンジャケットのために羽根を毟《むし》られる姿が、自分に重なったからだ。身体が削《そ》ぎ落とされていくような感覚、とでも表現すればいいだろうか。ただでさえ細身の身体が、日々会社に行くたびに消耗され、いつしか自分の存在が消えてしまうのではないか、そしてその身は薄っぺらい上着に仕立てられてしまうのではないか。そんな想像にぞっとしたのだ。

日々はつまらなく過ぎていく。上司に指図されたことを無難にこなし、時間が来れば会社をあとにする。やりがいもなく、自分の働きによって何かが大きく変わるわけでもない。いったい何のために働いているのだろうか。

空は灰色に曇っていて、心までどんよりしてくる。気分を晴れやかにしてくれそうな日差しを、もう何日も見ていない。あたたかくなる気配など見込めそうもない。

Dは吹く風を凌ぐために、ダウンに顔を埋めて思考を整理する。

学歴云々というのは過ぎし日のこと。それでもいい大学を出るに越したことはないのだ、と両親は彼女の教育に熱心だった。Dもその期待に応えるべく、努力を惜しまなかった。疑問も持たずに、進学校で優秀な成績をおさめ、いわゆる一流と呼ばれる大学に入学し、滞りなく卒業できた。それは幸せなことだった。異論はない。

いい大学を出れば、将来は安定が見込める。それは間違いではなかった。Dは難なく就職試験の採用通知を受け取った。はたからみればまずまずの成功だろう。仕事がなく困っている人や、いったん入社してもさまざまな事情で続けることが出来ない人がいることもわかっている。だから、やりがいがない、だの、本当にやりたい仕事が他にあるのではないか、などというのは戯言だというのは承知している。

学生時代の友達の数人は、早々と結婚を決めた。出産間近だといった話題を伝え聞くことも増えた。羨ましいわけではないけれど、そうした「成果」をDはなにひとつ挙げていない。真面目に勉強し、反抗もせずにいい子でいたのは、つまらない大人になるためだけだったのだろうか。

はあ、と吐いた息が信じられないほどに白い。

「寒い」

思わず声が漏れた。

次の瞬間、ふわっと身体が宙に浮いた。間もなく地面に降りたつような衝撃を覚えた。

すとん。

いったいどこにいるのだろうか。Dは用心深く情況を把握しようと努める。ダウンジャケットは相変わらず薄っぺらいままなのに、不思議と身体がぽかぽかしていた。

「あんた、穴に落ちたんだよ」

Dの脇に立つ長い白髪頭をひとつにまとめた男が、言い含める口調をする。

「穴？」

おそるおそる見回すと、そこは広々とした空間で、仄暗《ほのぐら》い闇の先には動物の巣穴のような洞《うろ》がいくつもあった。洞の出入り口は楕円形にくりぬかれ、大小の部屋が作られているようだ。Dと同じ年くらいの女性ともう少し年上の男性、家族なのか数人でひとつの洞に陣取っている者たちもいた。

顔を上げると、天井にぽっかりと丸く開いた穴の向こうに曇った空が見えた。Dはふと、子どもの頃に読んだ童話を思い出す。

「アリス……」

呟くと、班長、と呼ばれたおばさんが朗《ほが》らかに笑う。

「そうね、『不思議の国のアリス』が落ちたウサギの穴みたいなものかもね、ここは」

「いや、むしろ『ハリー・ポッター』の9と4分の3番線ホームに近いんじゃないか？　と僕は思うんですけれどね」

奥にいた中年男性が顎に手を置いて、ホグワーツ魔法魔術学校に向かうプラットホームの番線名を挙げる。真面目腐った顔でそう言ったかと思うと、もう興味をなくしたのか、洞穴に潜り込んでしまった。

Dが彼らの会話に加わるともなく耳に入れていると、自分が落ちてきたとおぼしき穴から、ばさっ、と大きな音をたて、スーツ姿の中年男性が現れた。

「属性は部下の不始末の責任を取らされた上司、です」

都度、班長は会話を中断させ、認定の指示を下していく。男性は、穴に落ちた際に腰を打ったのか、尻に手をやりながら、左右に目を動かしていたが、やがて安心したように、顔を綻ばせた。

その間も、穴からは続々と人が落ちてくる。学校に行きたくない中学生、ママ友との諍《いさか》いに辟易《へきえき》した母親、夫との離婚を考えている妻……。班長が口上する属性によれば、たいていは人間関係や仕事の悩みなどで疲れ果てた人々だ。けれども中に数名、

「これは、ただの寒がり、ですね」

と分類される者もいた。


「冬眠族っていってね」

立ちすくんだままのDに、そう口を切ったのは窪《くぼ》んだ目をした老人だ。この穴の長老のようだ。

「世の中には、冬眠しなくてはならない人種がいるのだよ。ある一定数ね」

クマやリスといった冬眠する哺乳類は、カロリーを蓄え、代謝をおさえて冬ごもりをする。カメや昆虫のような変温動物は、越冬時には体温が下がるのだけれど、恒温動物でもある程度体温を下げる。そのほうが消費カロリーが減るからだ。説明する口調の速度がゆっくりとしてくる。

「けれどね、人間の中にもこうやって冬眠しないと生きていけない属性を持った種がいるのだよ。実際に体温に変化があるって聞いても、にわかには信じられないだろうがね」

しゃべっている途中だというのに、長老はふああ、とあくびを漏らす。するとまわりで頷いていた数人も同じように口を開ける。あくびとともに、ドーナツ形になった白い煙が口の中から出ては浮かんでいく。よく見るとそれは、綿菓子で作られたかのようなふわふわの雲だ。

ぽかり、ぽかり。

ドーナツ形の雲は、彼らがあくびをするたびに出現し、瞬く間にその場を埋め尽くした。真っ白い雲の海にくるまれ、途端にDは眠気を催し、目をしょぼつかせた。

ど、ど、ど、ど、ど。

頭上からそんな音が聞こえ、今度は何事かと身構えると、穴から真っ赤なボール状のものがいくつも落ちてきた。それらはゴロゴロと転がり、地面を覆いつくした。

「おや、おや。今夜はとびきりのが収穫できたな」

長老が満足げに腕を組み、班長がひとつ拾い上げる。熟れたりんごが仄暗い部屋を照らした。

「アップルパイでも作りましょうかね。今日みたいに一段と冷え込む日にはジャムにして、紅茶に入れるのもいいわ。おなかもあったまるでしょ」

班長が床に落ちたりんごを腕に抱え、せっせと奥に運ぶ。見ると、壁一面に配された棚には、りんごの実がみっちりと詰め込まれていた。

「りんごは冬眠族の主食なの。西洋には『一日一個のりんごは医者いらず』なんて格言があるくらいなんだから」

班長がDにウインクする。

そういえば、とDはまどろみの中で記憶を手繰《たぐ》り寄せる。いつもの通勤路に一本のりんごの樹が植わっていたような覚えがある。冬眠族の巣穴は、りんごの樹の近くに作られる仕組みになっているのだろうか。それとも巣穴のそばにはりんごの樹が生える養分があるのだろうか。そのどちらでもなく、単に偶然なのかもしれない。

果たして、とDは自問してみる。やりたいことはどこにあるのだろう。本当にその場にはないのだろうか。見つからない、見つけようとしていない、見つけない、見つけていない、見つけたくない。言葉尻だけがわずかに違う言葉が、頭に去来し、洗濯槽の泡のように渦巻いていく。

けれどもいまはとにかく眠い。

「あったかくなるまで、心ゆくまでここに籠っていればいいさ。どうせ雪が解ければ春がきて、冬眠族も目覚めるときがいつか来るのだから」

おっとりした長老の声が耳に届く。

「être dans les pommes cuites」

どこからともなく流暢《りゅうちょう》なフランス語が聞こえてくる。声の主は奥の洞にいる男性のようだ。

「直訳すると『焼きりんごの中にいる』。すごく疲れている、ってこと。転じて〈tomber dans les pommes〉、『りんごの中に落ちる』は気を失うっていう意味。ここにいる冬眠族は、みな、疲れが取れるまでは気絶したように休息してるのさ」

そう言い終わるか終わらないかのうちに、洞はみるみると白い雲で覆われていく。気持ちよさそうな寝息が雲の向こうから聞こえてきた。

外は雪が降り出したようだ。

けれどもそれが降り込むことはない。穴のなかはあたたかく、くつくつとりんごが煮える音だけが絶え間なく響いている。Dは眠い目を擦った。やがて弛緩《しかん》した身体の奥からあくびが出てきた。ドーナツ形の白い綿状の雲が口から漏れた。

そこは冬眠族の棲《す》む穴。けれどもその穴がどこにあるか、は誰もしらない。ただ確かに存在はしている。

冬至〈とうじ〉

マダムの時計

いったいどこで間違えたのだろうか。

職場の後輩だった啓太《けいた》と恋人同士になったのは、操《みさお》が営業部のチーフになったときだから、二十八歳のとき。いまから二年前のことだ。その年、中途採用で入社してきた啓太は操よりも三歳年下だったけれど、前職での実績はなかなかだ、と採用した人事部の同僚の言葉が間違っていない、とすぐにわかるような仕事ぶりだった。

それでもしばらくはこの会社でのやり方を教える指導は、チーフになりたての操の仕事だった。

近しく仕事をしていれば、互いに好意を持って惹かれ合うか、あるいは生理的にどうにも合わない、と気づくのか、そのいずれかになるのは仕方なく、操と啓太の場合はそれがたまたま前者だっただけのことだ。もちろん気の合う仕事仲間になる場合のほうが多いだろうが、ふたりはその枠をすんなりと越えた。

退社後に一緒に歩いているところを同僚に見つかり、社内で噂になるのも時間の問題だった。

恋愛の熱はどちらかといえば啓太のほうが強かった。操は先輩風を吹かせながら、その熱風をするりと躱《かわ》し、それでもたまに浴びる風に心地よさを感じてはいい気分になっていた。

気の早い両親が、操の交際を知って、紹介しろ、とせっついてきた。娘の社会的な成功などよりも、一日も早く家庭を持って、子どもを産んで欲しい、そればかりを望むような両親に、操はうんざりしながらも、それでもようやく安心させることができそうだ、と啓太の存在にホッとした。

三十歳の誕生日が見えるようになると、そろそろ結婚を視野に入れるようになってきた。焦っていなかった、とは言い切れない。母親の娘時代には、イブの夜を過ぎて売れ残ったクリスマスケーキに準《なぞら》え、二十四歳までに結婚しないと売れ残り、と揶揄されたという。二十五歳を過ぎると途端に価値が下がって、売れなくなる。失礼な話だが、そんなことを言われていた時代があったのだから衝撃でもある。

もちろんいまはそんな時代ではない。にしても、三十歳は晦日。さすがに大晦日、つまり三十一歳までには決めて欲しい、とそんな前時代的なことを両親からは懇願されてもいた。

だから啓太から別れを告げられたとき、まず思ったことは、寂しいや悲しいではなく、困った、だった。落ち込む両親の顔が頭をよぎり、もしや自分は親不孝者なのではないか、と頭を抱えた。

わかりやすく食欲がなくなった。眠りも浅く、ひとりになると涙が出て止まらなかった。赤い目をしながら朝を迎えるのに、会社に行くと何事もなかったかのようにふるまえた。むしろ普段よりも頭が冴え、仕事が捗《はかど》った。別れの理由を啓太に訊いても、はっきりとは答えてくれなかった。もう以前のような好意を抱けなくなった、一緒にいて楽しめない、といったことを告げられたけれど、経理の新人とやけに仲がいいことには、なんとなく気づいていた。

先輩ぶってつれない態度などせずに、もっと積極的に好意を示すべきだったのだろうか。どこかで結婚を匂わすような言動をしてしまい、それが彼を追い詰めたのだろうか。あるいは結局は若い子が好きで、三十歳という操の年齢に嫌気が差したのか。

操は仕事でミスしたときのように、自分の行動を洗い直したが、正解を導き出すことはできなかったし、もしかしたら全てが不正解だったのかもしれない。

満腹なはずはないのに、胃が重く、帰宅途中にあったドラッグストアに入った。

「食欲がないんです」

白衣姿の店員は、母親と同じくらいの年齢の女性で、

「胃の痛みはあるの？　吐き気は？」

とてきぱきした口調で質問してきた。

「痛みというか……」

言い淀《よど》んで、

「失恋なんです」

と、思わず口を突いて出てしまったのは、店員の気さくな態度につい気を許してし

まったからだろう。

するとと店員は、薬のパッケージを選ぶ手を止め、ふふふ、と明るく笑った。

「失恋は薬なんか飲んでも駄目。牛丼でも食べて、スタミナつけなきゃ」

「牛丼なんてとても食べられません」

声には、涙が混じっていた。ぐすぐすする操に、

「それよりもあなた、その時計ぶかぶかよ。裏通りの時計屋さんで直してもらってきなさいよ」

結局、薬は売ってくれず、急《せ》くように店を出された。仕方なく、指南のままに裏通りを入る。ふらふらと時計店の引き戸を開けた。ガラガラと立て付けの悪い音を出した。

古びた店の中は思いのほか広く、絵本で見るような振り子のついた柱時計や、金色で豪華な装飾の入った大きな目覚まし時計などが所狭しと並び、それぞれがみな、同じ時間を示しながらカチコチと音を立てていた。

奥から、八十代くらいの品のいいマダムが、

「いらっしゃいませ」

と、よいしょ、と言いながらカウンターに立った。

見ると、店の奥は商談スペースにでもなっているのか、革のソファと背の低いガラステーブルが置かれていた。控えめな音量のテレビでは、バラエティー番組らしきものが放送されていた。

バンド調整をして欲しい、と告げると、さっと操の手首を掴《つか》み、時計と腕の間に彼女の親指の先を挟み入れたりして、調整していく。マダムの指には細かな皺が刻まれてはいたけれど、温《ぬく》もりがあり、手慣れたふうに作業を進めていく横顔は、キリッとしていた。

「この時計、動力がいいでしょ」

「そうなんですか?」

尋ねられて、首をかしげる。社会人になったときに、両親がお祝いに贈ってくれた時計だ。特に性能のことなど気にしたこともなかったけれど、そういえばこれまで故

障をしたことがない。毎日正確に時を刻んでいた。それが当たり前だと思っていた。それはまるで両親の愛情が絶《た》えず注がれているのが当たり前だ、と思っているように。

「大切に使えば一生ものよ。ほら見て」

マダムの細い左腕には、ゴールドのチェーンの小ぶりな時計が巻かれていた。

「この時計ね、わたしがハタチのときから使っているのよ。もう六十年よ」

と愛おしそうに文字盤を撫でた。

「そんなに持つものなんですか」

驚く操に小さく頷く。

「ただ、気をつけなきゃいけないこともあるのよ。水濡れとあとは衝撃ね。ゴチンとどこかにぶつけるのが一番駄目。時計はストレスに弱いの。人間も一緒ね」

マダムが悪戯《いたずら》っぽく笑った。

操は溢れてくる涙が見られないよう、顔を背《そむ》けて、入り口の向こうを見る。

「あら、もう真っ暗ね。そういえば今日は冬至だったわね」

「冬至？　昼の時間が一番短いんでしたっけ。柚子湯《ゆずゆ》に入るんですよね」

おぼろげな知識を披露する操に、マダムが言い含めるように、丁寧に言葉を繋ぐ。

「一陽来復って言ってね」

冬至は一年の底。この日を境に陽気が上がっていくことを意味するんだ、と教えてくれ、こう続けた。

「事態にも底があるの。底に来てしまえば、あとは上がるしかないのよ。明日から春に向かうんだから」

操の腕に調整を終えた時計が巻かれる。緩すぎずきつすぎず、ぴったりだ。

「ゆっくり回復していけばいいの」

マダムがチャーミングなウインクをしてみせた。

外は暗闇の中で、振り向くと時計店の灯《あか》りは消え、静まりかえっていた。あれ、と思ってガラス戸に寄ると、そこには空き店舗と書かれた褪せた張り紙がはためいていた。

帰りの道を歩きながら、そういえば薬局の店員には、時計店は一本めの裏通りにあると案内されたことを思い出す。大通りに戻るまでには通りが二本あった。操は一本めを行き過ぎ、間違って二本めを入っていたようだった。

暗い空で控えめに星が瞬いていた。操は痩せた腕にフィットした時計にそっと触れた。牛丼チェーン店の前を通ると、甘い匂いが漂《ただよ》ってきた。ほんの少しだけお腹が空いてきたように感じた。

あのマダムの時計は、いまも正確な時を刻んでいるだろうか。操はたまにそんなことを思い出したりする。

小寒〈しょうかん〉

かそけきもの

かそけきもの。

冬の夕焼け。車窓よりながむるうつくしさに、急ぎて記録せんとスマートフォンを取り出すも、カメラのシャッターを押すいとまもなく消えてしまう。

日が落つるまえの空の色も、いとおかし。紫と青と藍が混ざりあうさま、なににも代えがたく、一心に目に留めようとするも、たちまちのうちに濃い藍一色へと収まっていくも、いとかそけき。

寒き日の日差し。

温暖な地でたまさかに降る雪。

木の花なども開花をまだかまだかと待ち侘びていたのに、寒波にかまけているうちに、散ってしまい、見頃を逃すことしばしば。

澄んだ冬の夜、冷えて乾いた空気を縫って、彼方《かなた》から聞こえてくる列車の音。

北風に舞うように散る葉。

キャンドルの炎、暖炉の薪《まき》の爆《は》ぜる音、香の煙などもかそけきものなり。

なにもなにも、かそけきものこそ、心を平《たい》らかにするものなりけり。


さまつなこと。

恋の最中なりしとき、とりわけそれが際だちたることかと思うれど、少し時を経ればさまつなことか、と気づくことあり。

また、仕事の不備や職場での煩わしさも、時たてば、解消すること多し。心、切り替えるのみ。

大切なるは、恋でも仕事でもなく、おだやかなる日々とおのれなり。そのほかの事柄は、さしてもないさまつなことなり。

大寒〈だいかん〉

極寒の修行者

参道のふたつの鳥居《とりい》をくぐり、境内《けいだい》に入る。拝殿前は広々としていたが人はまばらだった。

雪空の中お参りする人はいないか、とDはほんのわずかな石段をのぼっただけで切らした息を吐く。瞬く間に水蒸気となった息が白く漂った。

境内を風が吹き抜け、思わずマフラーに顔を埋める。駅ビルの店頭で、安価ながらカシミア素材だと謳《うた》われていたアイボリーのマフラーだけれど、果たして本当にカシミアなのだろうか、と首を捻りたくなるほど、首元がおぼつかない。

キャメル色のコートは膝丈で、腰のベルトを結ぶと、かろうじて風を凌ぐことができた。

面倒が勝《まさ》り、実家への帰省もせずに一人暮らしの部屋で年を越した。せめてお参りには行こう、とDは年が明けてすぐに、電車を乗り継いだ先にあるこの神社に出向いた。

新年らしい清々しい空気を浴びながら、Dは今年こそはいい一年になるだろうか、と軽やかな足取りで神社を目指す。しかし晴れやかな気持ちは瞬く間に消え失《う》せてしまった。神社の前には初詣《はつもうで》の長い列ができていて、その誰もが家族や恋人らしき人たちとにこやかに参拝を待っていた。

世の中で自分だけがひとりぼっちで、惨《みじ》めな人間に思えた。こういう場に一緒に行く相手もおらず、堂々と新年の誓いを立てられるような夢もない。目標を言い合えるような仕事に就いているわけでもない。

Dは列に並ぶことなく、来た道を戻った。

帰りに寄った神社近くのスーパーで、新春サービスだというおみくじ風のくじをひくと、「吉」と出た。可もなく不可もなく、だ。景品は次回の買い物で使える百円券だった。

財布の整理をしていたらその百円券がお札の間から出てきた。結局、今年はまだ初詣をしていない。年が明けてから何日までに行くべき、といったしきたりはあるだろうが、自分にとってその年、はじめて参拝するのだから初詣といっていいだろう。それに券の期限は今日までだ。ただ、一歩外に出ただけで、外出を後悔するほどに寒く、健康を祈願する前に風邪をひいてしまうのではないか。Dはそんな余計な心配までして、それでも足を運んだ。

正月の人混みが嘘のように閑散とした広い敷地の奥、社務所の前あたりに五、六人の男性が一列に並んでいた。白い道着姿の彼らは、エイ、エイ、押忍《おす》、と揃《そろ》った声を掛け、左右の拳《こぶし》を交互に突き出していた。

空手か、合気道か、柔道か。武道には詳しくないが、合宿中の大学生だろうか。見ればこの寒さだというのに、裸足だ。真っ白い道着の下に、Dがこの季節は手放せない薄手の機能性下着などをつけているとは思えない。

修行中の人はすごいな、いや、若いからか、と拝殿に進みながら横目で窺《うかが》うと、白髪の高齢男性や外国人も含まれていた。全員が黒の紐を腰に巻いていて、ああ、黒帯っていうんだっけ、有段者ってことだよね、だから寒さや砂利《じゃり》も気にならないんだろうな、と納得する。

参拝を終えても道着の彼らは、同じ動作を繰り返していた。

エイ、エイ。押忍。

届いてくる掛け声を耳に入れながら、Dは自らを思う。

夢も持たず日々を生きていった先に、何かがあるとは思えない。いまはサポートしてくれる親だって、いつまでも元気でいるとは限らない。たいした能力もない自分は、いつか会社から見切られる可能性だってある。考えれば考えるほど、将来に不安しか見当たらない。

昨年は英会話のサークルに入ってみたりもした。メイク講座にオンラインで参加したこともある。年次で会社が推奨する試験も受け、いくつかの資格を取得はしたけれど、それが役立つ気配もないし、仮に転職をするとしても、履歴書で有利に働くとも考えづらかった。何をやっても今一歩。年始にスーパーでひいたクジのように、まさに「吉」な人生なのだ。可もなく不可もなく。

エイ、エイ。押忍。

Dはいつだったか、どこかで聞いた言葉を思い出す。

――ストレスの原因を突き詰めていくと、その多くが不安に帰結します。

そして同時に、

――では不安とはいったいなんでしょうか。

そんな質問を投げかけられていた気がする。

不安、か。Dは頭を回《めぐ》らす。

ストレスです、と胸を張っていえるほどのものは抱えてはいない。もっと大変な境遇にいて悩んでいる人はいるだろうし、実際、心に不調を来たし、休職したり退職したりする人も見てきた。だから、Dのこんなそこはかとないやりきれなさごときは、大したことじゃない。そう思い込もうとしていた。

けれどもこうして自らの心の中をつぶさにのぞいていくと、そのひとつひとつが不安に基づいていることに気づく。不安が募っていき、ストレスになる、なるほどな。

そして、やっぱりいつの日だったかの横断歩道の光景を思い出す。確か、初夏の清々しい風が吹いていたような気がする。歩道に散らばった白い紙のことを、不安の破片だ、と郵便局員姿の人物がそう呼んでいた。

エイ、エイ。押忍。

掛け声がDの背を押す。

エイ、エイ。押忍。

Dは修行中の彼らをまね、そっと右手を突き出してみる。凍《こご》えた空気が握った拳に突かれ、わずかに揺れた。右手を腰に引き、左手を突き出す。

エイ、エイ。押忍。

小声で合図を送りながら、左右の拳を交互に突き出す。そのたびに、何かが打ち破られていくような気配を感じた。気合いとともに吐き出す白い息が、かつて目にした横断歩道を舞う白い破片に重なった。

エイ、エイ。押忍。

理不尽な要求をする上司。
エイ、エイ。押忍。
生産性のないルーティン。
エイ、エイ。押忍。
華やかな部署に異動する同僚への嫉妬。
エイ、エイ。押忍。
幸せな家庭を築いている友達への羨望。
エイ、エイ。押忍。
親からの期待。
エイ、エイ。押忍。
将来への不安……。

ふたつめの鳥居を出る頃には、Dの体はすっかりとあたたまっていた。ほんのりと汗ばんだ額を拭い、マフラーを解く。雲の狭間に青空が見えた。スーパーに寄るのを忘れないようにしないと。財布の中の割引券をチェックした。

Dはそのとき、ストレス回避者としての段位を授与されていたようだ。なぜなら、火照った体を冷ますため、彼女が前をはだけさせたコートのベルトの色が、有段者の証《あかし》である黒に変わっていたからだ。

けれどもそれは曖昧なグラデーションで、黒になったりまたキャメルに戻ったりしていた。そうやって行きつ戻りつしながら、やがて上段者への道を極めていく。修行とはそういうものだ。

装画　竹田明日香
装幀　大武尚貴

本書は「冬眠族の棲む穴」（「読楽」二〇二三年一二月号掲載）、「マダムの時計」（「読楽」二〇二四年一〇月号掲載）に書下しを加えたものです。

また、この物語はフィクションであり、登場する人物および団体名等は実在するものといっさい関係ありません。

標野《しめの》凪《なぎ》

一九六八年、静岡県浜松市生まれ。二〇一八年「第一回おいしい文学賞」にて最終候補となり、二〇一九年に『終電前のちょいごはん　薬院文月のみかづきレシピ』でデビュー。他の作品に『今宵も喫茶ドードーのキッチンで。』から始まる〈喫茶ドードー〉シリーズのほか、『伝言猫がカフェにいます』『ネコシェフと海辺のお店』『桜の木が見守るキャフェ』などがある。

冬眠族《とうみんぞく》の棲《す》む穴《あな》

二〇二四年一二月三一日　初刷

著者――――標野凪

発行者――――小宮英行

発行所――――株式会社徳間書店
〒一四一―八二〇二
東京都品川区上大崎三丁目一番一号
目黒セントラルスクエア
［電話］編集　〇三―五四〇三―四三四九
販売　〇四九―二九三―五五二一
振替　〇〇一四〇―〇―四四三九二

組版――――株式会社キャップス

本文印刷――――本郷印刷株式会社

カバー印刷――――真生印刷株式会社

製本――――ナショナル製本協同組合

ISBN 978-4-19-865936-3